HISTÓRIAS ESCRITAS NA ÁGUA

Editor
Eduardo Lacerda

Capa, projeto gráfico e diagramação
Tarcisio Ferreira

Assistentes editorais
Amanda Vital / Angélica Marques / Gabriel Santana / Içara Bahia
João Vítor do Nascimento / Rafael Arms / Ricardo Escudeiro

Administrativo e comercial
Pricila Gunutzmann

Assistente administrativo
Sofia Fernandez Gunutzmann

Expedição
Sheila Gomes

Eventos
Flávio Rodrigues

Catalogação na publicação
Elaborada por Bibliotecária Janaina Ramos – CRB-8/9166

Z23h

Zaghetto, Sonia.
Histórias escritas na água / Sonia Zaghetto
1. ed. – São Paulo: Editora Patuá, 2025.

256 p. ; 16x23 cm.

ISBN: 978-65-281-0071-2

1. Romance. 2. Literatura brasileira. I. Zaghetto, Sonia.
CDD : 869.93

Índice para catálogo sistemático:
1. Romance: Literatura brasileira 869.93

Editora Patuá - Livraria Patuscada
Rua Luís Murat, 40
Vila Madalena - São Paulo - SP
(11) 96548-0190
editorapatua@gmail.com / www.editorapatua.com.br

HISTÓRIAS ESCRITAS NA ÁGUA

SONIA ZAGHETTO

PATUÁ
EDITORA

PARA ALEXANDRE, TARCISIO, LEO, VINICIUS E NADJA,
QUE COMIGO CONSTROEM HISTÓRIAS.

música

RUÍDO

Rey Vinas

Escrever é, quase sempre, o resultado generoso do ato solitário de ler. E Sonia Zaghetto leu intensamente desde muito cedo, quase como uma decorrência natural de ter nascido filha de pai escrivão e mãe professora primária, vivendo a infância em uma longínqua cidade incrustada nos rincões da Amazônia.

Talvez por isso tenha crescido mística e profunda, o que é quase uma tautologia, pois é impossível ser amazônida sem carregar a sina de ser, ao mesmo tempo, solitário, místico e profundo.

Histórias Escritas na Água, seu romance de estreia, finalista do Prêmio Kindle de Literatura 2025, é fruto desse silêncio inspirador de sua solidão de menina, da floresta quase impenetrável que a viu crescer e das palpitações de um espírito inquieto – heranças inabaláveis que ela carregou consigo para as grandes capitais e as cidades do mundo para onde migrou.

Impossível não haver carregado essa soma de heranças culturais e singularidades, muito próprias de sua natureza reclusa, para a sua literatura, também marcada pelo silêncio, pela forte carga espiritualista e emocional (sobretudo) e pela vocação filosófica e poética, no sentido de que seu texto privilegia o pensamento, a reflexão, a sonoridade e o ritmo da narrativa.

Daí que seu tema não é a realidade trivial; ao contrário, ela tenta, a todo tempo, afastar-se da superfície e abomina o que é frívolo. A raiz de sua história é, assim, em grande medida, platônica, porque o que está visível aos olhos do leitor – os episódios, as cenas, os conflitos das personagens – são apenas sombras nas paredes dessa grande caverna que é o mundo. A verdadeira realidade estará atrás, naquele espaço anterior que apenas se intui, mas não se vê. Dar de cara com ele seria uma experiência devastadora, pois revelaria não apenas aquilo que somos, como também o que jamais poderemos ser, soterrados por uma tonelada de paixões e vícios, confortados apenas por um punhado de míseras virtudes.

Cada uma de suas sedutoras personagens será, em algum momento, eu e você nesse encontro no qual fingimos que nos revelamos, mas, no fundo, nos escondemos apavorados. Pois também não sabemos muito bem o que seríamos se não fôssemos quem somos. O amável, o virtuoso, o covarde, o cínico, o traidor, o promíscuo, o mentiroso? No palco vaporoso de *Histórias Escritas na Água*, seremos todos e nenhuns ao mesmo tempo, desaparecendo à medida que as palavras escritas no que é instável e líquido escoam com a mínima chuva.

A floresta que o protagonista adentra é tudo, menos a densa mata que parece ser. Ela é metáfora e pretexto, um território simbólico onde aquele que busca o outro, busca a si mesmo. E nessa peregrinação, enfrenta e vive o perigo da morte como um momento e um lugar onde de fato já se encontrava (antes até de se deparar com aquela misteriosa habitação no meio do nada que lhe servirá de abrigo e templo, palco de sua última descoberta).

Neste romance, de evidente rigor estilístico, tudo é símbolo: o espaço, o tempo e a ação, como num teatro antigo em que tudo acontece num mesmo lugar congelado que cabe somente dentro de nós mesmos.

É para dentro que se olha, pois – ou se deve olhar.

A história, sinestésica, evoca sabores e cheiros; plástica, desenha figuras que parecem pertencer ao universo da religiosidade e do sonho.

O leitor atento descortinará, ao longo da narrativa, as referências e influências híbridas de Sonia, fruto de sua formação múltipla. Filosofia, teologia, história e literatura se entrelaçam em sua escrita, somando-se à experiência jornalística de longa data. Daí que sua prosa seja elegante e clara, às vezes até clarividente, na qual até mesmo o nome das personagens vem impregnado de enigmas e (trans)significados.

A epígrafe, do poeta Lêdo Ivo, antecipa do que trata o livro, mas não revela que o barro de que será moldada essa história, passo a passo, é o florescimento e a decadência dos seres humanos no aprendizado cósmico do estar vivo.

Este livro é o testemunho de que a boa escrita separa o fundamental do episódico, a música do ruído.

PARTE **1**

[GÊNESIS

PARTE **2**

_DODEKAMERON

.A P

PARTE **3**

JUÍZO

PARTE **4**

OCALIPSE.

PARTE 1

[GÊNESIS

O vento do mar rói as casas e os homens.
Do nascimento à morte, os que moram aqui
andam sempre cobertos por leve mortalha
de mormaço e salsugem.

Lêdo Ivo, Planta de Maceió

A CIDADE OCRE – A COR DA MORTE –

CAPÍTULO 1

O COLECIONADOR

GENTE QUE PARECE BICHO – DONO DE FUNERÁRIA VESTE ARMANI – UM LÁZARO

A CIDADE

era aquietada, terrosa. De dia, o mormaço engordurava a pele; de noite, um bafo quente com cheiro de iodo mantinha os homens desassossegados, a bater nos mosquitos, a encharcar a cama com um suor pegajoso e mau. Assim que desci do ônibus, a náusea me subiu ao ver as casas de tábua crua e o mato crescido ao redor das cercas. Ódio à primeira vista. Talvez fosse premonição, embora eu ainda relute em acreditar nessas coisas.

Passei alguns momentos a encarar o abandono impregnado nas paredes e ruelas. Tudo mal cuidado, preguiçoso, vil. Uma necrópole, pensei. E mal sabia que seria ali, naquele lugar desolado, que vida e morte iriam me confidenciar segredos e me fazer ajoelhar sobre as ruínas do que um dia acreditei.

Minha missão – coletar dados para um trabalho de campo – é tarefa que faço há muito tempo. Mecanicamente, admito. O que me interessa em cada cidade em que chego são as histórias dos homens. Eu as coleciono, catalogo e de vez em quando as visito. Digo a mim mesmo que é para aprender, mas no fundo sei que sou um *voyeur* da morbidade, um tanto fascinado pelo mal, pois não há história humana feita apenas de rosas. E o que aprecio, saiba desde agora, é o conjunto que corrói como ferrugem até os mais nobres e inocentes espíritos.

Acho que as cidades têm alma – e aquela me mostrou os dentes quando cheguei. Ali mesmo, na estação suja e poeirenta, cuspi no chão. Não pude evitar. Algo me afrontava. Era invisível, mas eu o percebia tão claramente quanto o mau cheiro dos esgotos a escorrer pelas ruas de terra ocre, coalhadas de pedregulhos e buracos.

Um líquido havia se espalhado pelo chão da estação e fazia os sapatos grudarem no piso imundo. Passei os olhos devagar pelos bancos tortos, pelo lixo que transbordava dos cestos enferrujados, e identifiquei o odor desagradável de urina, suor, fritura e mesquinharia. Meu faro treinado me alertou: ali haveria histórias para a coleção. Algo pulsava me aguardando nos becos. Estremeci, mais de temor que de prazer, admito.

Do outro lado da rua, vi a mercearia. Sem pintura, sem placa. O proprietário me encarou com uma expressão que não decifrei.

"Boa tarde. O que o senhor tem pra beber?"

"Tubaína, cerveja e pinga."

Ele me observava fixamente. Incomodado, desviei o olhar para o pano encardido sobre o balcão e a camada de poeira nas prateleiras.

"Uma cerveja, por favor..."

Pausa, gole na boca da garrafa, arroto discreto.

"O senhor sabe onde encontro o Sr. Joaquim Oliveira?"

"Sou eu mesmo, sim, senhor."

"Eu sou o Doutor Otávio", sublinhei o título, pronunciando devagar as duas sílabas. "Vou trabalhar lá na cabeceira do rio. A firma R. Santos me indicou o senhor para me arrumar os burros, o mateiro e um hotel para eu me hospedar."

"O senhor vai ficar aqui em casa mesmo, doutor. Não tem hotel nem pensão na cidade, não, senhor. E nenhum mateiro pode lhe acompanhar agora. O que eu lhe reservei, morreu há poucos dias. Os outros foram todos contratados por uma firma que chegou antes. Só daqui a um mês eles voltam, sim, senhor. Ontem fui em Laguinhos e mandei um telegrama avisando a R. Santos, mas sabia que não ia chegar a tempo. Então preparei o seu quarto."

"Telegrama? Quem usa telegrama nos dias de hoje? Por que não mandou um e-mail ou deu um telefonema? Teria me poupado a viagem!"

"O senhor desculpe, aqui na cidade não tem nada disso, não, senhor."

Limpou a mão no pano encardido que estava sobre o balcão e agarrou a alça da minha mala. "O senhor venha comigo. Licença..."

Saiu arrastando a mala pesada escada acima. Os músculos se retesaram e os dedos se converteram em cordas atracadas à alça. Mão grossa, com picadas de mosquito. Eu, atrás, via as rodas baterem nos degraus – em todos eles.

Era um quartinho, escuro, com janela pequena, sem cortinas, mesa de tábuas rústicas e uma cadeira de plástico. A cama, coberta por uma colcha de retalhos, tinha um mosquiteiro, uma toalha dobrada e um sabonete. No chão, varrido, um tapete feito de barbante trançado.

"Vou trazer um lampião, a moringa e um copo."

"Eu agradeço."

Ouvi o barulho da porta sendo fechada e toquei a toalha. Dura, áspera, cheirando a sabão grosseiro.

"Sem e-mail, sem telefone e sem amaciante de roupas... Em compensação, nunca ouvi tanto sim, senhor; não, senhor", resmunguei.

Desci para ver a cidade.

Mal os pés pisaram a rua e a náusea voltou. Tudo igual ao que vi na chegada. Casas mortas, plantas secas, quintais abandonados. Já era quase fim do dia, mas não se sentia cheiro de comida para o jantar. Procurei pelas ruas um banco em que vizinhos se sentassem para desfrutar da brisa que vinha do rio – a única boa coisa naquele lugar. Nada. Janelas fechadas, carrancudas, a me virar a cara.

Uns poucos passos depois e o rio surgiu inteiro. Um leito brilhoso e calmo no fim do dia. Parecia deslocado. Uma fita de seda entre sacos de estopa. A brisa carregava algo fresco e bom. Batia na margem e ali ficava, agitando cabelos e roupas. Depois voltava para o rio. Encolhida, com o rabo entre as pernas, expulsa pela barreira invisível da paisagem marrom.

Instintivamente dei um passo e senti a lama mole sob os sapatos. Inclinei o corpo e inspirei o ar limpo e um pouco frio. Revigorante. Ao longe, ouvia o som de vozes, mas indistintas. Olhava em todas as direções e nada via.

De repente, notei quase na curva da outra margem do rio uma paleta a se destacar no cenário. O único traço de cor ao alcance dos olhos. Caminhei por mais uns 200 metros e o avistei: não estava na outra margem, mas numa ilhota. Um cemitério colorido. Não de cores quaisquer. Tintas berrantes, alucinadas: uns verdes de beija-flor, amarelos de sol-do-meio-dia, alaranjados escandalosos. Um despudor. Nada era cor de modéstia ou timidez, nem de longe havia traços de bege, marrons ou tons pálidos de virgindade cromática.

Pulsava o cemitério, a exibir uma exuberância que debochava da cidade anêmica. Para completar, tinha um portãozinho! Só ele, escorado pomposamente em duas vigas que pareciam de ferro. Sem muros, grades ou cercas. Portão, diga-se de passagem, igual ao dos sobrados paulistanos. Sem tirar nem pôr. Inclusive lembrava o da casa da tia Eulália, na Mooca. Aposto que range, pensei. E não sem cinismo me pus a imaginar o prefeito inaugurando o portão do cemitério, cortando o fitilho verde-amarelo e examinando com orgulho os detalhes *art-nouveau* nos ferros. Um prefeito certamente obeso, casado em segundas núpcias com uma *donna* exuberante que só ia àquele fim de mundo para apoiar o marido na época da campanha eleitoral. O acesso de tosse se seguiu ao meu riso quase descontrolado. Um riso que, eu soube instantaneamente, se vingava da cidade cuja existência eu já odiava.

Sentado numa pedra, vi chegar o pôr do sol e rumei de volta à mercearia. Pelo caminho, grilos, os primeiros vaga-lumes, uns sapos. Gente, não.

Joaquim me serviu uma sopa rala, insossa como a cidade. Não reclamei. Quando saio para trabalho de campo, sempre espero o pior. Demorei a dormir, concentrado em matar os mosquitos que entraram por algum buraco do mosquiteiro e em vigiar um rato equilibrado na viga perto do teto. O colchão era de palha, incômodo e duro. Mantive a luz do candeeiro acesa, não queria aquele rato se prevalecendo da escuridão para me roer durante o sono. Ele, como se me entendesse, fixava em mim uns olhinhos miúdos e redondos. Odeio ratos. Culpa de George Orwell, acho.

Os dias seguintes foram iguais. Mormaço, tédio, feiura. Fiz um *bunker* na vendinha. Escolhi a mesa de canto e me dediquei à leitura de um livro que trouxe. *Brás Cubas* estava na estante há duas décadas, presente do meu avô. Lya o colocou na minha bagagem. De vez em quando, interrompia a leitura para analisar, disfarçadamente, os clientes de Joaquim. Associei todos com animais. Logo escolhi meus prediletos: um moleque magro e barrigudo, com o umbigo saltado, o Calango; uma velha de cara chupada que mascava tabaco e tinha dentes pretos, a Fuinha; uma gestante de pernas finas como as dos cachorros de rua, a essa dei o nome de Lobinha, minha primeira cadela. Para Zé da Guarda, o recém-chegado funcionário da rodoviária cujo nome verdadeiro era José Evilázio, guardei o pior. Ao tipo empertigado que vivia alisando o bigode fino, servil perante os poderosos e carrasco dos humildes, chamei de rato de esgoto. Ah, ia me esquecendo de contar dos bebedores de cachaça, que chegavam no fim do dia empapados de suor azedo. Bebiam, falavam idiotices e se arrastavam para as casas.

Todos me olhavam de esguelha, sem me dirigir a palavra. Eu os encarava com vontade de rir. *Caipiras bestas! Nem bom-dia sabem dar.* Eram os quatis.

O sábado foi diferente. Primeiro entrou uma mulher, que imediatamente comparei a uma coruja, por causa dos olhos brilhantes e enormes, pintados com uma camada grossa de delineador. Uns olhos que esquadrinhavam tudo e pareciam ler os segredos mais bem guardados. *Deve ter uns setenta anos,* calculei, mas era difícil dizer, por causa do corpo esbelto e dos cabelos muito pretos, evidentemente tingidos, sobre os quais repousava um chapeuzinho de feltro com plumas. Uma figura verdadeiramente estranha, pensei. Parecia um quebra-cabeça em que nada combinava. Imediatamente a incluí na coleção de exotismos da cidade, junto com o cemitério colorido e o portão sem muros. Ao contrário dos outros, não desviou os olhos de mim. E deu bom-dia. Ouvi Joaquim chamá-la de Dona Aletheia. Conversava algo com o dono da mercearia. Uma discussão cochichada, com espiadelas furtivas na minha direção.

A eles se juntou a figura extraordinária de um homem que mais tarde me disseram ser o proprietário da única funerária local. Tão formidável me pareceu que não consegui dar a ele qualquer apelido. Alto, magro, vestia um terno escuro impecável e se movia com uma tal elegância que desestimulava qualquer vontade de afastar os olhos de sua figura. A pele preta, os pequenos óculos redondos de lentes azuis que escondiam olhos amarelos e um chapéu coco o faziam deslocado em múltiplos aspectos. Não parecia pertencer a tempo algum.

Aproximou-se de mim e me cumprimentou tocando a ponta do chapéu, como faziam os homens de dois séculos atrás. Um perfume de lavanda, fugidio, exalava dele.

"Seja bem-vindo à cidade. Sou Inpu."

A voz era bem modulada e com uma leve rouquidão. Minha mãe tinha verdadeira obsessão por essa leve rouquidão nas vozes. Dizia que induzia a sonhos.

"Sou Otávio. Muito prazer. Nome diferente, o seu."

"Nome antigo. Foi a forma que meus pais encontraram de honrar os antepassados."

"Bonito, soa africano."

"De fato, é africano."

"Imaginei. Não vou fingir que não o acho um personagem extremamente destoante do povo da cidade."

Ele riu. E eu observei, fascinado, como seu rosto, até então sem qualquer ruga, se encheu de marcas de expressão. Era um riso que explodia em dentes absolutamente perfeitos e sulcos fundos na face e entre as sobrancelhas.

"Não vou fingir que deixei de perceber a sua curiosidade. Sim, é um terno Armani; sim, os óculos são Ferragamo; sim, os sapatos são Tom Ford, assim como a gravata, as meias e as roupas de baixo. A embalagem é de boa qualidade e parece interessá-lo. Eu apenas a uso."

Eis, por fim, um adversário à altura. Um tanto desconcertado, olhei para o homem que me encarava sem disfarces.

"Por que a usa?"

"No meu trabalho, é imprescindível oferecer uma imagem de estabilidade e serena elegância para demonstrar sem palavras ao cliente que o caos é apenas momentâneo..."

Fomos interrompidos pela chegada de um homem relativamente jovem, roupas surradas dançando no corpo, barba raspada. Quieto, cabeça baixa, foi direto ao balcão. A entrada dele foi como pedra atirada na água. As cadeiras rangeram juntas e um zumbido abafado percorreu a sala, mas não chegou a vazar das bocas. Em poucos minutos, a vendinha estava praticamente vazia. Só ficamos eu, Aletheia, Joaquim, Inpu e o homem de ombros encolhidos.

Fingi que voltava ao livro, mas percebi que Joaquim fazia gestos na minha direção. O rapaz se aproximou, segurando com força o chapéu.

"Boa tarde. O senhor é *seo* Otávio?"

"Dou-tor Otávio. Sou eu", sublinhei de novo as duas sílabas.

Inpu levou a mão ao queixo e pude notar o sorriso que quase lhe tomou a boca. Ergueu levemente as sobrancelhas e uma expressão sarcástica surgiu nos olhos de âmbar. Levantou-se, tocou o chapéu com a ponta dos dedos e deixou a sala.

"O *seo* Joaquim me disse que o senhor precisa de mateiro. Eu conheço essas matas todas aqui, o senhor pode indagar por aí."

"E por que não está trabalhando, como os outros?", perguntei. A desconfiança é a mãe da sobrevivência.

Ele olhou rapidamente para Joaquim e Aletheia. Transpirava. Um nervosismo úmido.

"Pode falar", eu disse.

"É que o pessoal aqui da cidade tem medo de mim."

"Medo? E por quê? Você já matou alguém?"

"Deus me livre e guarde!"

A resposta me agradou.

"Atacou alguém? Roubou?"

"Nunca, não senhor."

"É louco? Tem ataques?"

"Nossa Senhora! Não, senhor!" E se benzeu rapidamente, um pouco atrapalhado.

"Tá doente de coisa contagiosa?"

"Tenho nem dor de cabeça, não, senhor." Senti vontade de rir. Pelo jeito o uso excessivo do "sim, senhor; não, senhor" fazia parte da cultura local.

"Por que o medo, então?"

"Porque eu já morri e voltei a viver. Ninguém gosta de andar com morto."

Ri discretamente, a boca repuxada de prazer. Surgia a oportunidade única a que todo forasteiro aspira: mostrar-se superior aos locais.

"Você não parece muito morto, na minha opinião." Desta vez, ri da minha própria piada. Os outros permaneceram calados, sem rir. Falei mais alto, olhando na direção do balcão.

"Joaquim, esse rapaz é um bom mateiro?... Desculpe, não sei o seu nome."

"Manoel."

Joaquim se aproximou.

"É o melhor mateiro que a gente tem", disse, muito sério. Aletheia concordou, balançando a cabeça.

"Tá contratado, então, Manoel. Preciso terminar esse serviço o mais rápido possível. Quando a gente pode sair?"

"Se o *seo* Joaquim tiver as provisões e dois burros sobrando, a gente pode sair amanhã cedinho."

"Dá pra providenciar", disse Joaquim.

"Então tá acertado. O preço é o da tabela. O *seo* Joaquim já deve ter lhe dito."

II

Joaquim de Macedo Alencar é um homem prático. E um bom amigo. Gosta de pesar cautelosamente cada palavra.

Naquele instante, estava concentrado em identificar o que deveria dizer para o engenheiro Otávio, um tipo arrogante que ele desprezara desde o primeiro instante.

De costas, limpava o balcão interno, remoendo a pergunta.

Inspirou profundamente, abriu o *freezer* e retirou duas cervejas. Empurrou uma na direção do engenheiro.

"O que o senhor quer saber?"

"A história toda."

"Manoel sempre foi um menino bom, trabalhador. Tem uns quinze anos que casou com a Donana e tiveram só um menino, o Josafá. Viviam bem, lá na casinha deles, até o dia do acidente. Faz uns três anos. Ele foi buscar lenha no mato. Tinha acabado de tomar uma caldeirada de peixe e inventou de fazer esforço, ainda de barriga cheia. Vai saber o que foi... Caiu lá mesmo, no meio do mato, sim, senhor. A gente acha que foi congestão. O Zé Mutum e o Geraldo é que acharam o coitado caído e levaram pra casa dele, já morto. No outro dia, foi o enterro. Na hora de botar o caixão na cova, o professor Eleutério pediu pra abrirem. Queria jogar umas gotas de leite de rosas. Era um costume lá dele. Nunca entendi pra que colocar perfume em morto. Isso é coisa de gente que renega a morte, que se inconforma com a determinação do Criador. Donana não queria, mas o professor Raimundo Silveira fez coro com o Eleutério."

O engenheiro notou, com satisfação, que Joaquim usava cada vez menos as expressões "sim, senhor" e "não, senhor".

"O Raimundo tinha essa mania. Ele achava que todo morto não *tava* morto de verdade. Podia acordar de noite, com aquele montão de terra sobre ele e sufocar até morrer de vez. Uma morte horrível, dizia. Falava que a pessoa ficava arranhando o caixão e morria sem ar, desesperada. Sim, senhor, ele jurava que foi assim com a irmã dele. A coitada apareceu para a mãe dela na noite depois do enterro. Toda suja de terra. Ai, minha mãe, me venha salvar, que o ar me falta. A mãe ficou desesperada, pegou a canoa e lá no cemitério se danou a cavar a terra. Encontrou a filha ainda quente. As unhas todas quebradas de tanto bater e arranhar. Desde aquele dia, o Raimundo não perdia um enterro. Ia em todos e pedia para abrir o caixão na hora de enterrar. Aí gritava com voz forte, pra todo mundo escutar: 'Fulano, se ainda não chegou a tua hora, levanta daí em nome de Nosso Senhor Jesus Cristo, que fez Lázaro ressuscitar!'. Fazia uma pausa e dizia de novo: 'Fulano, assim como Lázaro, em nome de Jesus eu te ordeno: vem para fora!' Pois veja que aquilo foi a sorte do Manoel. Abriram o caixão, o Eleutério atirou nele a água de colônia, errou a mão e botou uma quantidade grande, em vez de umas gotas. Pegou bem na cara. E justo nessa hora o Raimundo deu o grito do Lázaro. Eu não sei até hoje o que foi que aconteceu. Mas ali, de repente, ele tornou pra vida. Deu um gemido alto e viveu de novo."

O engenheiro riu.

"Imagino a correria desse povo ignorante."

Mal abriu a boca e percebeu o erro. O comerciante enrijeceu o corpo e de imediato Otávio entendeu que seu desprezo pela cidade já não era segredo. Joaquim bebeu mais um gole, olhou na direção da porta e torceu a boca na mais desastrada imitação de sorriso que o engenheiro pode testemunhar.

"Não foi bonito de ver, não, senhor. O Manoel lá, sentado no caixão, ainda com flor na cabeça. Todo mundo deu no pé, até o padre."

"E depois disso?"

"A vida ficou ruim pra ele. Donana não quis mais. Foi embora, levando o filho. O pessoal não dá mais trabalho..."

"Gente besta."

"O senhor não fale de nós. Nem conhece a gente."

A raiva agora era palpável.

"Vocês, da cidade, acham que sabem tudo."

Talvez tenha sido o olho de Joaquim brilhando como tição na semiescuridão – ou o tom de sua voz coberta de rancor – que fizeram Otávio calar. Uma forte sensação de perigo se lhe empoleirou na coluna e não mais o abandonou. Ele não saberia definir, mas havia algo maior ali, enterrado muito profundamente. Algo indizível.

CAPÍTULO 2

NA FLORESTA

SANGUE DE CUTIA – CHUVA – OLHO DE JACARÉ – A PROCISSÃO DOS MORTOS – UMA CASA PERDIDA – ALGUÉM DORME SOBRE A MESA – REUNIÃO – PREPARAÇÃO PARA UM FUNERAL

•• DEIXAMOS a cidade antes das sete da manhã. Atravessamos a única rua em um silêncio quebrado apenas pelo ruído das patas dos dois burricos e das sacolas balançando. Junto de nós, um cachorro preto. As janelas fechadas nos espiavam.

Quem tem experiência em colecionar histórias sabe como funcionam os ritos não ditos, as comunicações invisíveis e os movimentos coletivos. Eu ouvi o ruído indistinto de cada pensamento na noite anterior, como agora podia ver a tensão nos rostos ocultos pelas janelas. Moviam-se todos juntos em direção a algo que só eu desconhecia.

Cuspi de novo. Não sei por que fiz isso. Não sou de cuspir no chão.

Sem querer, suspirei de alívio ao avistar a mata fechada. A entrada na floresta muda tudo. Uma umidade silenciosa atrás das folhas gigantes, dos troncos imensos. Verdes e marrons de todos os tons, mas sem o tédio preguiçoso da cidade morta. Tudo está vivo, respirando brandamente, como um animal selvagem a espreitar a presa. Há cheiro de folhas, de seivas a se derramar, de fruta podre e de bicho molhado. Só quem viu, sabe do que falo. Dá vontade de tirar as sandálias, como fazem os indianos ao entrar nos seus templos.

Seguimos o curso do rio e no fim do dia acampamos. Sempre calado, o mateiro escolheu o lugar, limpou o chão, fincou o suporte da barraca e cuidou dos burros. Peguei a toalha e desci a ribanceira íngreme na direção do rio, me agarrando aos capins para não despencar.

O frescor da água deslizou pela minha pele, um contraste bem-vindo ao calor abafado que me empapava de suor. Mergulhei. Quando emergi, imediatamente senti um estranhamento. Um súbito silêncio enchia a floresta. Nenhum pássaro piava, nenhuma folha se movia. Até mesmo o murmúrio do rio parecia ter se esvaído. Ao levantar a cabeça, vi o mateiro parado na margem, com a espingarda levantada e o cano apontado diretamente para mim.

"Não se mexa, doutor..." A voz de Manoel soava como se ele mastigasse as palavras. Obedeci instintivamente, meu corpo estremecendo, o coração se convertendo em tambor. O tempo parecia distorcido, esticado em um fio tenso que vibrava ao mais leve sopro.

"Manoel...", balbuciei.

"Não se mexa se não quiser morrer", repetiu, devagar, fechando um olho para aprimorar a mira, engatilhando a espingarda.

Havia frieza nos olhos de Manoel. Fechei os meus.

Veio o tiro. Um som tão violento que pareceu sacudir as árvores ao redor. Senti o calor e o impacto da onda sonora no meu corpo, e por um momento tudo o que pude fazer foi respirar descompassadamente. Então é este o meu fim, pensei, sentindo as pernas amolecerem. Mas não havia dor. Abri os olhos devagar para procurar onde o tiro havia me atingido e tudo o que pude ver foi a cabeça de um jacaré a se contorcer violentamente antes de ficar imóvel, o corpo flutuando devagar rio abaixo, um rastro de sangue na água.

Escutei a arma sendo engatilhada de novo e só então vi o segundo jacaré. Enorme, com olhos transparentes fixos em mim. Em torno da pupila vertical, a íris se espalhava como uma poça de óleo. Fiquei paralisado, como aqueles pássaros hipnotizados que não conseguem evitar o bote fatal da serpente. Perto demais para que eu o evitasse. Mais uma vez fechei os olhos e me entreguei ao destino. Manoel atirou e tudo se repetiu exatamente como à primeira vez. Parecia reprise, em cada detalhe. A única diferença é que ao abrir os olhos encontrei o rosto sorridente do mateiro a me estender a mão.

"Venha, doutor. Escapar da morte duas vezes em menos de um minuto é para poucos. Melhor trocar a data do seu aniversário."

Saí da água e pisei a terra amolecida da margem. As pernas ainda trêmulas, a respiração ofegante e a cabeça rodando como um pião. Demorei alguns minutos até conseguir responder.

"Eu não escapei. Você, Manoel, é que me tirou da boca da morte. Senti o bafo da maldita bem perto. Nunca vou poder lhe pagar."

"Não me agradeça. Minha maior tristeza é quando mato um bicho; no máximo, mato pra comer ou me defender..."

Havia um genuíno tom de lamento quando disse isso. Inspirou com força antes de completar:

"Nunca pensei na morte como maldição, doutor. Pra mim ela é alívio. Eu queria estar morto. Só não tenho coragem de cometer o pecado de me matar. Já sofri muito nesta vida. Não quero sofrer depois que morrer... Então vou me aguentando por aqui."

Eu pensava com dificuldade. Meu cérebro ainda fixo na imagem do jacaré se aproximando. Esforcei-me para não soar descontrolado quando respondi ao homem que acabara de me salvar.

"Não existe nada depois que a gente morre, Manoel. Eu, se estiver com uma doença terminal, não vou ficar sofrendo sem necessidade, não. Mas, enfim, cada um com as suas crenças. Hoje estou aliviado e devo a você estar vivo. Muito obrigado. Vou lhe recompensar por isso, você vai ver."

"Não precisa, doutor, já disse. O senhor já fez bastante por mim. Eu precisava de trabalho e isso o senhor já me deu."

Incapaz de responder em voz alta, lembrei da minha paralisia minutos antes. *Sou um covarde, com reflexo de bicho-preguiça. Não fosse por esse matuto e eu estaria a caminho da cidade dos pés juntos.* Gratidão, pavor e vergonha se misturavam no meu peito, e cada passo na escalada em direção à tenda parecia um reafirmar da minha vida. Subindo nu, segurando nos matos da margem, tive a sensação de estar novamente nascendo, agarrado aos pelos da vagina de minha mãe, lutando para respirar.

A noite se aproximava quando Manoel se embrenhou pelo mato com a espingarda. O tiro ecoou seco à distância. Ao voltar, trazia uma cutia. O bicho balançava, carregado pelas patas traseiras. Os olhos abertos, vidrados, batiam nas coxas do homem enquanto ele andava. Eu estava tão concentrado que não vi a coruja que se aproximou num rasante. O guincho me arrepiou os pelos da nuca e dos braços.

Gritei, por instinto.

Manoel não se voltou.

"Era uma rasga-mortalha. Ela deve ter filhote novinho. Por isso atacou", disse com voz neutra. Uma súbita raiva me subiu aos olhos. De onde estava, agora eu via as costas dele, curvadas enquanto pegava um facão e uma bacia de metal.

"Não pense que eu sou frouxo..." (Fico irritado quando estou com vergonha).

"Não pensei nada, não, senhor. Aqui a gente tem medo quando essa coruja pia no dentro da noite. Diz que é agoiro, que tá anunciando morte."

Continuei de cabeça abaixada, calado, mordendo os beiços.

Manoel acendeu o cigarrinho e o colocou entre os lábios. Com o facão, cortou as patas e começou a arrancar a pele da cutia. O cheiro de sangue era enjoativo. Eu não tirava os olhos das mãos dele. Arrancou o bucho e as tripas e jogou pro cachorro.

"Toma, Barão." O cão abocanhou os pedaços de carne ainda no ar e mastigou ruidosamente.

O barulho da mastigação, o cansaço do dia, o jacaré no rio, a morte tão perto, o guincho da coruja – tudo me dava náusea na boca do estômago e vontade de entrar na tenda e lá ficar, de olhos fechados, esperando a janta. O calor, a umidade e o peso da bagagem me punham vermelho e cansado. Logo o cheiro da carne assando me entrou pelas narinas.

Comi em silêncio. Espichei as pernas e peguei a caneca de café que Manoel me estendia.

"Agora me conte da sua morte."

"Não tem muito pra contar, doutor. Morri e depois vivi."

"Ora, então ressuscitou. Me conte, homem!"

Minha voz soou aguda e desagradável, como a da tia Adolfina. Sempre acho que a minha voz parece com a de outra pessoa quando estou ansioso.

"Depois, doutor. O senhor me desculpe, mas hoje estou cansado. E amanhã vai chover forte, a gente precisa acordar cedo."

A voz não admitia réplica. Ele deitou no chão, sem cobertas. Eu fiquei por um longo tempo espiando as estrelas a subir pelo Leste até a tampa escura do céu. Tantas estrelas em um céu tão claro. De onde ele tirou a ideia de que vai chover?

Fiquei aliviado ao entrar na tenda. Deitado, com os braços cruzados atrás da nuca, revi a imagem do jacaré dezenas de vezes. Visão curiosa a da morte chegando com uma calma perturbadora, certa de sua eficiência. E de imediato pensei em Lya. O que estaria fazendo a minha mulher, que nem suspeitava de sua quase viuvez?

A noite me trouxe sonhos intranquilos. Sonhei que estava em uma caverna escura, onde um grande cão preto – daqueles esguios, de orelhas pontudas e focinho comprido – me acompanhava enquanto eu tateava pelas paredes em busca da saída. Logo ouvi o barulho de passos ritmados. Uma procissão de vultos se aproximava. Passaram por mim sem se deter, com olhos cegos, leitosos. Caminhavam sem cessar. Iam e voltavam, mansos, envolvidos pelos sudários. Nenhum som além dos passos ritmados e da água pingando das estalactites. Aos poucos divisei, na semiescuridão, um homem agachado. Acariciava a cabeça de dois carneirinhos. Os dedos nodosos se enroscavam na lã macia. Quando me aproximei, ergueu o rosto.

"O senhor sabe como sair daqui?", perguntei. Ele inclinou a cabeça e, sem uma palavra, degolou um dos carneiros. Horrorizado, dei um passo para trás e caí. O sangue jorrou e o homem o aparou em uma pequena bacia. Em seguida fez o mesmo com o segundo carneiro. Notei algo úmido no meu rosto e percebi que parte do sangue havia espirrado nas minhas bochechas. Eu quis gritar, mas a voz sufocava na minha garganta, como ocorre nos pesadelos. Não, eu não estava com pena dos carneiros. O que me fazia querer gritar era a procissão dos espectros que rapidamente se aproximava da bacia de sangue. Vinham ávidos, o ritmo da marcha mais acelerado, ribombando pelas paredes. Ao primeiro deles o homem ofereceu a bacia. Este bebeu avidamente, deixando escorrer um filete vermelho pela barba, que ele tentava limpar usando a própria língua. Vi que os olhos esbranquiçados ganhavam cor e o corpo agora parecia vivo. O ex-cadáver então riu alto e o homem lhe retirou das mãos a bacia de sangue, oferecendo-a ao segundo vulto: Lya. Horrorizado, quis gritar, mas ouvi um leve ruído às minhas costas e, ao me voltar, encontrei os olhos azuis do primeiro morto. Em um movimento inesperado, ele encostou os lábios gelados no meu rosto e sugou cada gota de sangue que havia espirrado em mim.

Ronronou satisfeito e roçando a unha pontuda no meu peito, perguntou com ar travesso:

"Quanto pesa o seu coração? Posso avaliar? Ou posso entregá-lo ao seu velho amigo ali?"

Paralisado, eu o vi apontar para um canto escuro da caverna. No breu brilhava o olho de um jacaré. Incrustada na couraça de sua cabeça formidável, a pupila vertical era uma fenda sinistra e precisa, a dilatar-se e contrair--se em vigilância calculista.

O desespero me tomou. Quis correr, socar aquele rosto de mármore, gritar, mas todo o meu corpo estava lento, pesado, fraco, como também acontece nos maus sonhos. Chamei pelo cachorro. Achei que o cão iria me defender do cadáver sorridente, mas ele também se pôs a rir. Uma gargalhada límpida, que eu achava já ter ouvido antes. Então acordei molhado de suor, o pavor a me remoer as vísceras.

"Foi aquela maldita cutia", disse antes de vomitar na tenda, espalhando os pedaços da carne mal digeridos sobre as roupas e o cobertor.

"Que inferno!", deplorei, mentalmente ensaiando como contaria ao mateiro que a conjunção cachorro, jacaré, sangue de cutia, coruja, morto--vivo haviam me feito vomitar. Algo em mim odiava ter de explicar essas coisas ao meu guia.

Ao abrir a tenda, entretanto, senti que o meu tormento não perturbara o resto do mundo. O aroma do café era confortador, um sinal de normalidade após o caos noturno. O bule pousado nas brasas da fogueira, os burricos preparados para partir e um vento indócil assobiando entre as folhas diziam que aquela manhã seria como outra qualquer. Manoel nem me olhou: fitava os *cumulus nimbus* com a testa franzida.

"Vem tempestade – e das grandes. Vou correr com a arrumação. O senhor tome o seu café, doutor, já estamos atrasados."

Correu para desmontar a barraca em que eu dormira e para arrumar as minhas coisas, sem pedir autorização. Nada disse sobre o vômito. Tomei duas canecas de café enquanto o vento levantava folhas mortas e soprava poeira no meu rosto. Não demorou para que a chuva desabasse sobre nós. Em poucos minutos as roupas nos grudaram no corpo, restringindo os nossos movimentos. Assim iniciamos a viagem encharcados, os pés afundando na lama pegajosa, pingando água dos chapéus.

Ao meio-dia o mundo desapareceu na massa cinzenta da tempestade. Caminhávamos inclinados para a frente, a água como minúsculas lâminas a castigar a nossa pele. Os trovões a ecoar cada vez mais alto e os coriscos riscando o céu me punham em estado de alerta. Abri a sacola e peguei um pedaço de pão, que em minutos se tornou um mingau e se desfez. Não havíamos andado dez metros quando um dos burricos deu um pinote e disparou na nossa frente. Apertamos os olhos para tentar descobrir a direção em que o animal havia ido, mas a chuva nos cegava, violenta, branca, seguida de perto pelo barulho dos trovões. O outro burrico, enlouquecido, deu um salto e também desapareceu.

Tateamos a cortina de água, mas nada vimos.

A escuridão veio e a chuva se fez mais pesada. Manoel não dava mostras de que iria parar de caminhar.

"Não é melhor a gente acampar por aqui mesmo?", perguntei.

"Estamos quase chegando numa cabana que eu sei que existe aqui por perto. Já vi antes", ele respondeu sem se virar.

"Você sabe onde estamos?"

"Neste mundo ninguém sabe onde está, não, senhor."

"É sério que você respondeu isso?" A frustração na minha voz era evidente. Matuto filosofando na chuva. Era só o que me faltava. Daqui a pouco Salvador Dalí aparece no meio da floresta dançando nu, pensei irritado.

Continuamos a caminhar em silêncio, com apenas o ploch-ploch das botas na lama e a água a escorrer, implacável.

"Chegamos!"

A voz de Manoel soou controlada, como se tivesse aberto a porta de um hotel.

Meio cego pela água, vi a cabana. Parecia uma torre no meio da clareira.

"Ó de casa!", chamei.

Nada.

Bati palmas, bati na porta, chamei de novo.

Manoel curiosamente parado, sem dizer nada.

Empurrei a porta, estava destrancada. A casa, muito silenciosa, com cheiro de dama-da-noite e hortelã.

Manoel passou à minha frente, tirou as botas e apontou para as minhas. Obedeci. Não entraria na casa alheia usando sapatos carregados de lama. Em seguida chamou o cachorro.

"Vem, Barão!"

O cão ganiu e recuou.

"Vem! Tá seco aqui", insistiu Manoel. O animal recuou mais um pouco e correu, desaparecendo na escuridão.

"Diacho, sempre foi covarde, mas tá piorando com a idade. Como se fosse a primeira vez que entra em casa desconhecida..."

Acendi a lanterna e iluminei a sala. Um lampião, uma cadeira de balanço e uma estante pequena com uma vitrola e alguns livros e discos de vinil cuidadosamente arrumados.

"Você conhece os donos da casa?"

"Não, senhor. Sempre vi essa casa de longe, passando pelo mato."

"Não tem jeito de estar abandonada."

"Talvez tenham saído e estejam presos pela chuva em algum lugar."

"Livros no meio do nada", comentei.

"Ou no meio de tudo. Só porque não tem prédio e asfalto, não quer dizer que é nada, né? Pra gente, isso aqui é o tudo, doutor."

De repente, o foco chegou à grande mesa no centro da sala. Não estava vazia. Uma mulher dormia sobre ela, perfeitamente esticada. Bati na parede de madeira para acordá-la.

"Boa noite, dona!"

Um silêncio de coisas esquecidas pairou durante um longo tempo.

"Senhora?!"

Toquei-lhe de leve no braço e constatei: "Esta já não se conta mais entre os vivos."

Maneira esquisita de dar a informação. Podia ter dito: "Ela tá morta".

Durante vários segundos eu me senti suspenso, como se flutuasse sobre o aposento que cheirava a flor. Minha mente se partia em duas. Havia uma mulher morta sobre a mesa, mas a atmosfera agradável e perfumada me fazia pensar nela como uma santa num relicário.

Manoel acendeu o lampião. Pude ver melhor o rosto da defunta. Sob a luz dourada, as rugas pareciam sulcos em madeira e havia pequenas manchas violáceas. A paz dos mortos resplandecia nela.

Senti uma súbita vontade de explicar o que víamos.

"Parece ter morrido há poucas horas. Os parentes devem ter deitado ela na mesa e foram avisar os vizinhos. Daqui a pouco devem chegar de volta trazendo o caixão para o velório. Melhor a gente ficar ali no canto. Quando chegarem, podem se assustar ou não gostar. Se bem que já vão ver a luz do lampião e estranhar mesmo..."

Manoel permaneceu silencioso. Cochilei por alguns minutos, encostado na parede, olhando os desenhos que a luz fazia no rosto sulcado da morta.

Não se passaram muitos minutos e uma batida soou na casa.

Manoel foi abrir.

Do lado de fora, uma mulher pedia para entrar. Tremia de frio e seus cabelos claros e lisos se colavam de tal forma ao couro cabeludo que a faziam parecer careca. Atrás dela, quase oculta, estava uma outra mulher cuja cabeleira escura, exuberante e encaracolada, parecia zombar da escassez capilar da companheira.

O olhar da segunda congelou imediatamente no cadáver estirado na mesa. Voltou-se para nós e hesitou. A outra a empurrou delicadamente para dentro.

Com poucas palavras, Manoel explicou por que estávamos ali. A moça loira espremeu a barra do vestido claro, sujo de lama, e vimos hematomas em suas mãos e braços. Depois, torceu os cabelos, sem tirar os olhos de nós. Era uma jovem mulher de aproximadamente trinta anos. A outra, mais velha, beirava os setenta. Manoel lhes apontou nossos sapatos do lado de fora. Curvaram-se e retiraram os próprios calçados.

Entraram de vez. Nem tiveram tempo de dizer seus nomes quando soou outra batida. A morena ergueu a cabeça, visivelmente tensa. A loira lhe deu duas batidinhas confortadoras nas mãos para acalmá-la.

Mais uma vez, Manoel foi até a porta. Quatro pares de olhos viram então o homem barbado, com ar de cansaço, bolsas em torno dos olhos e cabelos ruivos desgrenhados. Pediu para entrar. Uma cicatriz lhe atravessava o rosto, iniciando na fronte, passando sobre o nariz e terminando no maxilar.

Atrás dele surgiu outra silhueta, a de um rapaz de pele clara e grandes olhos cor de mel. O rosto bonito contrastava com as roupas de mendigo e a sujeira que lhe empapava os cabelos encaracolados e escorria em fios cinzentos pela face. Carregava um pacote embrulhado num pano manchado.

"A chuva está impossível. Posso entrar?", murmurou.

Manoel se afastou e os dois entraram. O segundo olhou rapidamente para a morta, mas nada disse, e se sentou ao meu lado, em silêncio.

Presumi que eram os conhecidos da defunta chegando para o velório. Ninguém se apresentou ou disse mais qualquer palavra. Durante quase uma hora, somente o ruído da chuva. Cochilei de novo e acordei com uma nova batida na porta. Desta vez, suave. Manoel atendeu. Sempre ele a receber os recém-chegados. Ouvi uma voz doce, como a água de um lago murmurando nas pedras. Com a moça entrou uma brisa gelada, igual à que a gente sente quando está prestes a chover granizo. Usava uma capa impermeável até os pés e mantinha a cabeça baixa, por isso ninguém viu seu rosto, oculto sob o capuz. Sentou-se encolhida a um canto, longe dos demais. O impermeável pingava água e formava uma pequena poça ao redor dela. A moça loira levantou-se e saiu. Não voltou.

Uma nova batida se fez ouvir. Forte, impaciente. Manoel, sentado junto à porta, mais uma vez a abriu. Todos olhamos para a figura à nossa frente, tentando encaixá-la na realidade que conhecíamos. Qualquer realidade. As primeiras coisas que vimos foram a cabeça calva e os buracos no lugar dos olhos. Somente quando ele entrou e a fraca luz do lampião permitiu vê-lo melhor, compreendemos que usava uma espécie de capacete de metal, como o dos escafandristas. A cor variava entre o amarelo velho no alto e algo azul-esverdeado à altura do queixo e das bochechas, mistura de petróleo, ouro e algo oxidado. Por mais que olhássemos, não lhe víamos os olhos no abismo profundo. As roupas também não pareciam ser feitas de material conhecido. Lembravam linóleo, também verde velho, opaco. E nele estavam incrustradas flores douradas, de metal, e elaborados desenhos. Usava um cinto largo com uma fivela de ouro que parecia uma pepita moldada a marteladas. Sem desenhos, sem trabalho de ourivesaria, apenas a pedra bruta, achatada. A indumentária prosseguia numa espécie de saia que lhe cobria as calças ajustadas. Parecia uma daquelas armaduras medievais, mas em couro, salpicada de restos de folhas, minúsculos gravetos, penas e espinhas de peixe.

Com ele entraram dois outros homens. O primeiro era magro como uma figura de El Greco, curvado, tão abatido que parecia envolvido em invisível soluço. Trazia os olhos vermelhos de choro e tossia regularmente. Caminhou em silêncio até uma das paredes e nela se encostou. O rosto voltado para a frente, as costas eretas. Deve ser parente da morta, pensei.

O outro combinava com ele, pois achei que parecia um arremedo de Dom Quixote – aquele desenhado pelo Gustave Doré. Uma triste e andrajosa figura, com grandes olhos de alucinado, pele flácida, vastos bigodes e veias das mãos saltadas.

Cada vez que a porta se abria, eu olhava a crescente fila de sapatos acomodada do lado de fora. E os recém-chegados – como se previamente combinado – sentavam-se no chão, recostados na parede, com os braços apoiados sobre as pernas encolhidas.

Poucos minutos haviam se passado após a chegada dos homens esquálidos quando a porta rangeu um pouco e surgiu um vulto conhecido, Aletheia. Parecia mais jovem e os cabelos estavam cortados à altura dos ombros, com uma franja. Veio acompanhada de Inpu, que se curvou para passar pela porta. Deduzi que haviam sido chamados pela família a fim de preparar o cadáver para o sepultamento, o que pareceu se confirmar pela naturalidade com que entraram na casa sem bater ou pedir licença. Não tiraram os sapatos. Aletheia disse um boa-noite respondido com timidez e caminhou até a cozinha.

No silêncio da cabana, ouvíamos cada um dos ruídos. Primeiro a água da torneira caindo na chaleira, depois o fósforo riscado, o som do fogo sendo aceso, a água fervendo e a tampa de um pote sendo aberta. Logo o aroma do chá preto chegou até nós, como um sinal de vida em meio a uma paisagem ressecada.

Na cozinha minúscula, Aletheia pôs o chá num bule comprido e nos ofereceu. Inpu abriu um dos armários e retirou uma xícara. Serviu-se e logo estava postado junto à janela, bebendo em goles pequenos, com ar distante. Observava a chuva desabar. Sua pele reluzia e só então notei que, da cabeça aos pés, não havia nele uma gota de chuva ou lama. Irrepreensivelmente vestido, com uma elegância deslocada naquele reino caboclo.

"Os donos de funerária são sempre os mais distintos nestas festas da dor", murmurei baixinho, conversando comigo mesmo, disfarçando com sarcasmo o inegável despeito.

Embora estivesse do outro lado da sala, Inpu levantou o rosto instantaneamente, como um cão que entra em alerta máximo, e se voltou. Fitou-me diretamente, com uma expressão divertida. Olhei para o outro lado, envergonhado.

Vários minutos se passaram, nos quais se ouvia apenas o ruído da louça das xícaras sendo pousada nos pires.

"Muito bem, Cecilia, chegou a hora." Ao sinal de Aletheia, Inpu abriu uma valise, da qual retirou diversos equipamentos, objetos, potes de vidro e tecidos, e os arrumou meticulosamente em uma pequena bancada. Acendeu quatro velas e a luz se dobrou sobre a defunta. Percebi, com surpresa, que preparariam o cadáver na própria sala, diante de todos.

O dono da funerária moveu-se graciosamente e, encostando os lábios na orelha da falecida Cecilia, iniciou uma canção suave, em língua desconhecida.

Como se previamente combinado, todos curvaram a cabeça e apoiaram a testa nos braços cruzados. Só eu, sentado bem ao lado da mesa, não conseguia afastar o olhar.

Agora o rosto da morta estava entre as mãos do homem. Ele lhe dizia algo e, à luz das velas, a expressão dela parecia se asserenar ainda mais. Não demorou e ele se ergueu, tomou um bisturi, abriu o peito da defunta e retirou-lhe o coração. Nem meus olhos arregalados ou meu cérebro conseguiram entender como carne e ossos foram cortados sem dificuldade ou ruído. Parecia faca a deslizar sobre manteiga. Nenhuma gota de sangue ou fluido. Tudo limpo e rápido. Ele guardou o coração numa pequena caixa e lavou as mãos na pia da cozinha. Enquanto enxugava os dedos, Aletheia se aproximou.

"Levante a cabeça dela", pediu. Inpu segurou a morta com cuidado, pelo pescoço, e pude ver, sob a pele, as manchas do sangue acumulado na nuca. *Livor mortis*, murmurei. A mão de Aletheia percorreu-lhe a parte de trás da cabeça e encontrou o coque. Soltou-o e uma cascata de cabelos grisalhos desabou até o chão. Ela os lavou, perfumou e penteou, enquanto Inpu continuava a cantarolar, segurando uma das mãos da mulher. De vez em quando, respingavam em mim gotas do óleo aromático.

A chuva pingava, monótona, mas o sono não vinha. Nem para mim, nem para os outros, que permaneciam com a testa apoiada nos braços.

A cena do coração extraído não me saía da cabeça. Eu queria fazer perguntas, mas uma força interna me calava no mesmo instante em que eu abria a boca.

"Me conte da sua morte, Manoel", pedi, tentando desviar o foco dos meus pensamentos.

"Não, doutor."

"Acho que é uma boa hora. Estamos todos em presença da morte."

Inpu sorriu levemente, apenas levantando os cantos da boca, Manoel se levantou e os outros se acomodaram melhor.

"Do que você se lembra?", insisti, forçando um sorriso. Saiu uma careta. Riso de paciente que vai morrer de tétano.

"Lembro de nada, não, senhor. Morrer é dormir."

"O Joaquim falou que você colocou o caixão pendurado no teto da sua sala. Por quê?"

"Ele tinha de ficar em algum lugar."

"Você não tem medo de mau agouro?"

"Agoiro? Não. Já morri e vivi de novo. Depois que a gente morre, o medo perde o rumo da gente. Um dia vou morrer de vez, como todo mundo, Deus queira."

"Deus queira", repeti devagar, sem saber por quê. A frase nem fazia sentido para mim, ateu.

Repentinamente a chuva, que pouco antes havia se tornado apenas um murmúrio distante, se intensificou. O vento bramia com ferocidade crescente, entrelaçando-se com o grito dos trovões. A tempestade chorava com força redobrada, açoitando as árvores, quando a claridade de um raio invadiu a cabana e um trovão estrondou bem perto, fazendo alguns de nós se encolherem. Sem aviso, o vento escancarou a porta da cozinha e entrou assobiando pela casa, carregando uma enxurrada de folhas, desarrumando cabelos, agitando roupas e apagando as velas. Alguém gritou e o caos se instalou, mas por brevíssimo tempo. Inpu imediatamente fechou a porta e acendeu novamente as velas.

De pé, parado no meio da sala, sua figura majestosa me deu a impressão de que poderia controlar os elementos, se desejasse – uma imagem formidável que teve o dom de despertar meus velhos instintos de colecionador. Farejei a possibilidade de boas histórias no rosto dos desconhecidos. Sim, ali estava, claríssimo ao meu olho experiente: um outro tipo de tormenta havia deixado marcas visíveis naqueles rostos. E eu queria conhecê-la. Excitado, instintivamente comecei a roer o canto das unhas.

Após uma pausa, quando todos se acomodaram, apresentei a minha ideia.

"Vejam, nós estamos presos nesta casa, no meio de uma tempestade. Ninguém vai conseguir dormir e a noite será longa. Ainda mais com Dona Aletheia e Inpu preparando um cadáver na nossa frente. Somos nove. O que acham de contarmos histórias? Desde os tempos antigos tem sido a melhor forma dos humanos se entreterem de maneira agradável. O que acham?"

Os outros pareceram gostar da ideia, pois balançaram a cabeça concordando. Do outro lado da sala, sentado na poltrona puída, Inpu acariciava o queixo com um sorriso brincando no canto da boca. Eu poderia jurar que nos observava com um brilho extra nos olhos cor de âmbar. Ar de gato satisfeito.

"Que tipo de história?", perguntou o rapaz de cabelos encaracolados.

"Que tal se fosse a história das nossas vidas?", respondi rapidamente.

"A minha vida não tem nada de mais...", choramingou a mulher de cabelos escuros.

"Quem disse? As melhores histórias não estão nos livros. As tramas reais são bem mais surpreendentes que a imaginação de qualquer escritor."

"Eu também acho. E a gente poderia colocar um desafio a mais", propôs o homem com a cicatriz atravessando o rosto.

"Diga...", eu estava secretamente deliciado.

"E se, no final, a gente julgasse o contador da história? Merece o céu ou o inferno? Tão bons quanto os contos são os julgamentos..."

"Só é bom quando se é o julgador e não o julgado", interrompeu o homem com capacete de escafandro.

"Ah, sim, julgar o próximo dá uma deliciosa sensação de poder. A certeza de se ver como superior é intoxicante", murmurou o homem que parecia uma figura de El Greco.

"Não acredito em nada disso. Céu, inferno, tudo besteira", protestei.

"Metáforas, doutor Otávio, metáforas. O importante aqui são as histórias", observou Inpu.

Concordei de má vontade.

"Então, como vai ser?"

"Acho que deveria haver regras", Aletheia interveio de repente. Com as mãos pingando óleo perfumado e o corpo empertigado, ela parecia séria.

"Regras? Mas é só um passatempo", reagi. Ela ignorou.

"Proponho que haja uma única regra: o narrador tem de falar a verdade, por pior que seja. Se mentir, irá direto para o inferno."

Os outros responderam com murmúrios de aceitação.

Fiquei sem reação. Que autoridade tem essa mulher, pensei, enquanto me perguntava como saberíamos se as histórias seriam verdadeiras.

Como se pudesse ouvir meus pensamentos, ela parou de andar em direção à defunta, voltou-se devagar para nós e disse em um tom de voz que não admitia réplica. "Não se enganem, estou acostumada a ouvir histórias e sei distinguir a cor dissimulada de qualquer falsidade, mesmo as mentirinhas aparentemente inofensivas e as meias-verdades."

Alguém engoliu em seco e outros suspiraram – ouvi claramente. Mas ninguém ousou dizer coisa alguma em voz alta.

"Vou lhes preparar um pouco mais de chá", disse Inpu.

Deslizou até a cozinha e minutos depois surgiu com uma bandeja, um bule e as xícaras.

"Todos de acordo?", perguntei.

"Sim. Cada um conta a sua história, e ao final decidimos se o narrador merece o céu ou o inferno", disse pensativamente o velho que lembrava Dom Quixote.

Os demais sinalizaram afirmativamente, sem palavras.

Um silêncio espesso se aboletou na sala.

"Então, quem começa?", perguntou Inpu.

"Comece você, Manoel. Tá me devendo a história da sua morte", eu disse.

O mateiro hesitou.

Sem interromper a massagem nas têmporas da morta, Aletheia falou com suavidade.

"Conta, Manoel. É a sua hora."

Eis a autoridade novamente, pensei.

De onde estava, ela me sorriu com os olhos.

Esses prazeres violentos têm fim violento.
E em seu triunfo falecem, como fogo e pólvora
que num beijo se consomem. O mel mais doce
torna-se repugnante em sua própria delícia.

William Shakespeare, Romeu e Julieta

PARTE **2**

DODEKAMERON

UM CAIXÃO NA SALA – O DEFUNTO ESPANCADO –

CAPÍTULO 3

MANOEL QUE VOLTOU DOS MORTOS

RESSURREIÇÃO NA PONTA DA LÍNGUA – OS PRAZERES DA MORTE – ABANDONO

“O MEU CAIXÃO é bonito”, começou Manoel. “O Josafá foi na venda do Joaquim pra comprar os sufrágios, aqueles aviamentos. Seis metros de pano roxo pra cobrir o caixão, três metros de americano cru para o forro e dois metros de morim. Coitada da Donana, lavou muita roupa para pagar a despesa, me disseram depois. E isso porque o Joaquim vendeu tudo pelo preço de custo e deu de graça o morim. Ela ainda teve de comprar os pregos e as ferragens. Encomendou o caixão na venda do seu Antônio, que faz caixão de pobre. Ele é jeitoso com a madeira. Fica igual a caixão da loja do *seo* Inpu. Donana fez questão. O Antônio ficou com pena da minha mulher e deu a madeira em troca de dez galinhas que a gente tinha no quintal. Caprichou. Se não fosse pela bondade deles, eu seria levado num esquife e depois enterrado direto no chão".

"Esquife não é o mesmo que caixão, não? Pra mim é tudo a mesma coisa", interrompi. Estava de mau humor porque meu empregado recusou o meu pedido, mas atendeu quando Aletheia solicitou.

"Não aqui na região, doutor. Esquife pra gente é uma coisa que faz vergonha, coisa de gente sem condição. O senhor já viu como é? Pegam dois paus no mato e põem uma tábua larga por cima. Fica parecendo aquele andor de santo. Aí ajeitam o morto na tábua e levam pra enterrar, enrolado num lençol. Eu não acho ruim ser enterrado assim. Dizem que Jesus Cristo também foi enrolado num lençol, não teve caixão. Mas Donana é pobre orgulhosa, tudo dela é bonito e arrumado. É a mulher mais caprichosa que eu conheço. Não sai de casa com cabelo despenteado, as unhas estão sempre limpas, o vestido uma beleza, todo engomadinho. Sim, senhor, o marido dela não ia ser enterrado como indigente."

Ele respirou fundo.

"Me botaram lá na minha cama – o Joaquim me disse, eu mesmo não vi, pois que morto estava. Quem lavou o meu corpo foi Dona Aletheia aqui, que é quem lava todo mundo na nossa cidade, quando nasce e quando morre."

Baixou a voz e sussurrou para que apenas eu ouvisse: "Não gosto de pensar que ela viu e mexeu nas minhas partes. Não gosto de pensar nessas coisas. Me incomoda mais do que saber que eu morri. Depois desse acontecido, nunca mais falei com Dona Aletheia olhando na cara dela. Fico de cabeça baixa."

Aletheia não deu mostras de ter prestado atenção à referência. Se o fez, ignorou. Estava concentrada em massagear o pescoço do cadáver com óleo de mirra. Inpu havia acendido um incenso e o ambiente da casa estava impregnado de aromas que eu tentava identificar. Algo entre o balsâmico e o amadeirado, um forte cheiro de resinas, de especiarias e ervas medicinais.

Aumentei o fogo do lampião. Em torno de nós, um ar frio

e sombras longas. Eu me servi de mais chá e trouxe uma xícara para Manoel.

"Pra não ficar de garganta seca", brinquei.

"O senhor parece que gosta de chá, doutor. Eu não gosto, não. Chá é pra quando a gente tá doente", disse Manoel.

"Isso não é igual chá de alho ou de cidreira. Essas coisas nem são chá de verdade. Chá mesmo é o preto, o verde e o branco. O resto é tisana. Chá de verdade tem cafeína, igual café", rebati, incomodado com a desfeita.

"Desse jeito, o doutor não vai dormir."

"Difícil vai ser dormir depois de falar com um morto", repliquei, tentando aparentar um bom humor que não tenho.

Ele riu sem graça. Curvou a cabeça e continuou a história.

"De tardinha, pelo que contaram, o povo foi chegando pro velório. Aquilo que a gente tá acostumado: uma conversa boa, café e um pãozinho de queijo assado na hora. Sim, senhor, até cachaça teve. Velório é sempre animado aqui por estas bandas. Perto das onze da noite, o Tião da Maria Anunciada e o Zé Ribamar quase brigaram. Por isso Donana não gosta de gente bebendo pinga em velório. Acha falta de respeito. É que nem aquele povo que fica falando alto, contando piada no meio do velamento do morto. Depois de uma hora estão se altercando. Parece uma feira. Me disseram que Donana chorava o tempo todo, passando a mão na minha cara. E que chorou mais sentido ainda quando viu chegar o meu caixão. O senhor vai ver que capricho que ele é: roxo com uns desenhos dourados. Bonito que ele só. Todo pregado com tachas brilhosas e enfeitado com uns galões amarelo cor de ouro. E tem umas alças de metal para carregar. Três de cada lado. Por isso guardei.

"Pelo que me contaram, Donana pediu pra trazerem tudo quanto é flor pra botar no caixão. E falava a toda hora que eu 'tava que parecia dormindo'. No dia seguinte me levaram pra enterrar. Carregaram o caixão o Zé Canhoto, o João

Goiaba, o Pé de Pato, o Augusto, o Antonio Marceneiro e o Joaquim. Aqui na cidade, chamam o cortejo de sentinela, não sei por quê. Muito bem, pois disseram que fechou tudo na hora que passou a sentinela com o meu corpo. É o costume. Não ficou nem uma vendinha aberta. Tiraram chapéu, baixaram a cabeça. O Joaquim botou na janela um pano roxo que ele usa no dia da procissão do Senhor Morto e não quis vender pinga pra ninguém. Achei bonito, o Joaquim sempre foi meu amigo. Sim, senhor, sempre foi meu amigo. Depois que eu morri, é um dos poucos que não tem medo de mim."

O homem com a cicatriz esticou as pernas e passou a encarar Manoel.

"Lá pelas tantas – isso o Joaquim me contou – perto da árvore de copaíba, o cortejo parou. Eu *tava* pesado. Dona Nizinha disse que era o peso dos meus pecados. Fizeram comigo o que o pessoal antigo fazia aqui na região: me deram uma sova com uns pedaços de pau. Para eu pagar os meus erros."

Indignado, interrompi a narrativa do mateiro.

"Que absurdo!"

"Eu não acredito em nada disso. Só acho que o peso aumenta porque o pessoal tá cansado de carregar", disse a moça de roupas encharcadas, sem levantar a cabeça.

"É verdade. Sou homem bom, direito e trabalhador. Que pecado pesado eu tinha? Mas eu não *tava* lá pra me defender. Quer dizer, eu *tava*, mas também não *tava*."

Manoel coçou a cabeça. Parecia atrapalhado pelas palavras que acabara de pronunciar. Parou por alguns minutos e prosseguiu.

"Então me deram umas bordoadas. Depois descansaram e pegaram meu caixão pelas alças."

"Parecia mais leve, né? Eles estavam descansados. Acharam que tinham te livrado do peso dos pecados", comentou, distraído, o músico.

Manoel não se interrompeu e narrou então a sua ressurreição.

"Depois, no cemitério, o senhor já sabe, doutor: foi aquela correria quando eu levantei do caixão..."

"Mas, homem, e você não gritou? Não correu atrás deles?", perguntou o sujeito que parecia o Dom Quixote.

"Eu *tava* fraco demais, uma zoeira no ouvido, o corpo doído das pancadas de espantar pecado. Fiquei parado lá no cemitério, sem força pra nada. Nunca tive medo de defunto nem de alma do outro mundo. Era um fim de tarde e o céu *tava* todo alaranjado. Deitei no meu caixão forrado e fiquei olhando a mistura de cor no céu. Sempre gostei de apreciar as bonitezas de Deus. Ouvi os grilos, o barulho da água, os bichos saindo pra caça. Lá longe uma onça esturrou. Eu sentia fome, mas a fraqueza tomava conta de mim. Me encolhi no caixão e me cobri com aquele véu fininho que colocam na cara dos mortos. Não queria ser comido pelos mosquitos. A moleza me venceu. Dormi. Acordei um pouco melhor, quando o dia *tava* nascendo. Fui pra junto do rio e fiquei lá, acocorado. Bebi um pouco de água e lavei a cara. A cabeça oca, oca. O rio amanhece coberto pela neblina. Não demorou e o delegado apareceu. *Tava* armado. Com ele veio o sargento Matias, o Joaquim, o padre Ambrósio e o Silveira. Pararam a canoa bem longe e o Joaquim gritou: 'Tu tá vivo mesmo, homem?' Levantei no meio da neblina e fui tropeçando na direção da margem. Ouvi um grito – era do sargento – e em seguida a voz do Silveira: 'Em nome de Nosso Senhor Jesus Cristo, me diga: você é gente ou alma penada?' Gritei de volta: 'Sou gente de carne e osso, juro por Deus, e que Ele seja louvado'. Responderam do barco: 'Para sempre seja louvado'. Pedi então pra me levarem pra casa, que eu tava com fome."

"Fome é coisa de gente viva", disse o músico. Manoel confirmou, com um aceno de cabeça.

Na mesa, Aletheia passava um batom vermelho nos lábios da morta e Inpu, ainda sussurrando sua melodia, pintava os olhos do cadáver com um delineador.

"Foi o que eles disseram na hora. O delegado falou bem alto: 'Eu disse pra vocês que era besteira acreditar em alma do outro mundo!' Aí parou a canoa e me chamou pra ir. Sentei de costas pra eles, lá na proa, e vim farejando o cheiro da manhã. Ninguém falou nada. Desembarquei, agradeci e segui pra minha casa. Bati na porta (não queria assustar Donana. *Tava* lembrando que ela também correu e não voltou). Nenhuma resposta, nada. Dei a volta no terreiro e vi que não tinha ninguém na casa. A porta da cozinha tava só no trinco. Abri e chamei em voz alta. Nada."

"Família, às vezes, é a primeira que some..." A voz da mulher de cabelos escuros soou quebrada. Os demais assentiram, com um leve movimento de cabeça.

Eu não conseguia afastar os olhos de Aletheia, que pingava numa bacia gotas de um líquido perfumado. Logo eu estava perdido em pensamentos, olhando extasiado as mãos da mulher, em concha, a derramar a água no corpo da defunta, daquele jeito que se faz com os bebês.

A muito custo, voltei a ouvir Manoel.

"Não tinha comida pronta. Fritei uns ovos, fiz arroz e café, e sentei pra comer. Esperei a manhã toda, sentado na cozinha. A cabeça ainda fraca. Lá por perto do meio-dia apareceu o meu filho Josafá, mais o Joaquim e o meu sogro, *seo* Natanael. Chamaram por mim. Apareci na porta e eles deram um passo pra trás.

'Eu *tô* vivo, seus frouxos. *Cês* sabem onde tá Donana?', perguntei.

'Tá lá na minha casa, com a mãe dela', respondeu o *seo* Natanael.

'E a que horas ela volta pra cá?'

'Deixa ela descansar, Manoel. Ela não tá passando bem. Disse que não para de ver tua cara morto. Deixa ela passar uns dias lá com a mãe dela. Descansa também, que tu tá precisando. Tá muito pálido.'

'E tu Josafá? Tu não vai ficar aqui em casa com teu pai, não?' Meu filho ficou branco feito uma folha de papel. *Seo* Natanael se atravessou na conversa.

'Deixa ele ficar uns dias lá em casa também, Manoel. Ele é muito novo ainda. O menino nem dormiu direito ontem. Ninguém dormiu aqui na cidade.'

'Eu não quero assombrar ninguém. O que eu quero é comer. Eu *tô* com fome e nem tenho o que comer, *seo* Natanael. Só comi ovo e arroz hoje.'

'Daqui a pouco eu te trago um prato de sopa. Vai te dar força.'

"Meu sogro passou a semana inteira trazendo comida. No terceiro dia, peguei a minha canoa e atravessei pro cemitério. As flores estavam murchas. Joguei fora. Peguei o meu caixão e coloquei na canoa. Depois botei na cabeça e carreguei até a minha casa. Todo mundo saiu de casa pra me ver passar. Lá em casa tirei a terra do cemitério (Donana não ia gostar daquela terra de campo santo lá dentro). Limpei tudo e deixei secando no sol. De noite guardei num barracão lá atrás. No dia que ia ser a minha missa de trinta dias de falecimento, meu sogro apareceu na porta de casa logo cedo. Veio dizer que Donana não voltava mais. Fiquei doido. Minha cabeça revirava feito aqueles remoinhos de poeira."

"Eu sabia!", disse o rapaz de cabelos encaracolados.

"Falei pro meu sogro que eu não tinha culpa de ter morrido. Donana casou comigo diante de Deus. Não *tava* certo ela me deixar assim. Disse pra ele que se Deus me trouxe de volta, se fez milagre, é porque alguma coisa ele queria mostrar pra gente.

'Isso eu concordo, mas Donana se agastou', disse *seo* Natanael.

'Falou que não quer mais, que não vai conseguir dormir na mesma cama que tu, Manoel. Precisa ver como ela está: magra que só ela. Mal toca na comida. De noite, só dorme com o filho. E tu ainda piorou as coisas, Manoel, trazendo esse caixão aqui pra tua casa. Agora mesmo é que ela não volta.'

'Eu posso vender o caixão na cidade.'

'Ela não quer, Manoel. Tá entojada e tá com medo.'

'E o Josafá, *seo* Natanael?'

'Ele também tem medo *d'ocê*.'

'Mas ele é meu filho! A gente vem pra esse mundo pra honrar o pai e a mãe. É da lei de Deus.'

'O meu pensamento é de acordo com tudo isso, Manoel. Mas Donana não quer mais. E quando mulher teimosa enfia uma coisa na cabeça, ninguém tira.'

'E Donana vai ser mulher separada? Não tem vergonha? Não se lembra do que jurou diante de Deus?'

'Bom, o que ela diz é que jurou ficar contigo até que a morte separasse *ocês*. E se *ocê* pensar bem, foi a morte que separou *ocês* dois. Olha, Manoel, espera mais um pouco. Ouve o meu conselho.'

'Eu já tô esperando há um mês. Vou lá de noite pra resolver isso com a minha mulher.'

"Lembro até hoje do *seo* Natanael só coçando a cabeça e pensando antes de responder: 'Olha, Manoel, hoje é quinta-feira. Deixa eu e a mãe dela *conversá* com Donana. No domingo *ocê* vai lá em casa, depois da missa. Fica pro almoço de domingo. Quem sabe vocês se ajeitam aos pouquinhos'."

O homem do capacete se mexeu, desconfortável.

"Ai, ai, deixou escapar. O sogro te enganou." A voz ecoou por dentro do metal.

Manoel não respondeu.

Aletheia passou a massagear os ombros da morta com óleo. O cheiro de mirra chegava até nós.

"No domingo acordei cedo. Tava nervoso que nem no dia do meu casamento. Tinha passado na porta de Donana várias vezes. A casa estava com as janelas fechadas. Desde que eu morri, as janelas estavam sempre fechadas. Diziam que Donana não gostava de me ver passando na rua, pois que atacava os nervos dela. Na missa, não vi Donana nem Josafá nem os pais dela. Da igreja, fui pra casa do meu sogro. Chamei por Donana, bati palma. Nada. Me vendo parado na porta, a Dona Zica – vizinha do meu sogro – se chegou. Dona Zica era uma das poucas pessoas que não tinham medo de mim. Ali mesmo ela me contou que na madrugada de sexta-feira todo mundo tinha pegado as coisas e saído na canoa. Lá pela uma da madrugada. Uma traição. Sim, senhor, uma traição.

'Donana foi junto?'

'Foi. O Josafá também. Foi com a mãe, o pai e os irmãos dela.'

'Foram pra onde?'

'Não sei.'

'Será que voltam?'

"A vizinha abanou a cabeça.

"Não voltaram. A casa deles foi ficando, se enchendo de teia de aranha e poeira. Depois de uns meses, eu me mudei pra lá. Por uma bagatela vendi a minha casa pro seu Agostinho (que mandou derrubar e fazer uma nova, benzida pelo padre) e me mudei pra casa do meu sogro, que era melhor que a minha. Eu precisava de emprego. Vocês sabem como é cidade pequena. Quando minha família foi embora, começaram a falar que eu era mesmo um morto-vivo. Sem dinheiro, sem trabalho, os dias passavam e eu comecei a maldizer a minha ressurreição. Nem na igreja sentavam perto de mim. Preferiam se espremer nos bancos ou ficar em pé. Se não fosse o Joaquim, Dona Aletheia, seu Inpu e Dona Zica, não sei que besteira teria feito. Mas fui ficando. De vingança, coloquei o caixão na sala, bem no lugar onde Donana gostava de sentar quando era solteira."

O ruivo riu baixinho.

"Manoel, o Joaquim já tinha me contado essa história toda. Mas o que me interessa é outra coisa, que só você pode contar: como é estar morto?", perguntei.

Manoel se retesou um pouco. Os outros levantaram a cabeça quase simultaneamente.

"É igual dormir, já disse. Gosto de falar disso, não."

Os outros emitiram pequenos murmúrios que pensei serem de compreensão, aprovação ou solidariedade.

"Eu acho que você tá mentindo", provoquei.

Após um longo silêncio, Manoel passou a língua pela boca ressecada e gaguejou.

"Eu tava doente. Era delírio."

"Conta! Eu quero saber."

Aletheia, que massageava com óleo os braços da mulher morta, novamente interveio e disse, muito docemente:

"Conta pra ele, Manoel..."

Olhei na direção da mesa e a morta, sob a luz alaranjada das velas, parecia irreal, como numa cena de filme de arte ou uma pintura de Rembrandt.

"Eu não lembro direito... eu... eu..."

"Diga a eles..."

A voz de Aletheia, embora calma, agora retomara o tom de autoridade.

Manoel inspirou forte e soltou o ar como se fosse aos pedaços. Ar retalhado, expulso do peito aos borbotões. Quando falou, já não parecia o mateiro que eu conhecia. Tudo nele estava mudado, da expressão do rosto ao timbre da voz. Os olhos pareciam ausentes e a fala longínqua.

"Eu lembro da escuridão. Tudo em torno de mim era mansidão. Meu corpo flutuava e eu sentia uma felicidade simples, mas que cabia em mim todinho. Aos poucos vi umas luzes surgindo. Eram de todas as cores e brilhavam como fogos de artifício. Cada cor tinha uma voz diferente. Umas fortes, outras suaves, se misturando em torno de mim. Só então percebi que alguém segurava as minhas mãos com firmeza e guiava meu corpo como se fosse uma pipa. As mãos me puseram no chão, alisaram minhas roupas e me acariciaram o rosto. As luzes cantavam no breu da noite e bem devagar percebi que sua cantiga era a minha vida. Eu me pus a acompanhar as cores do que vivi nos azuis de canção de ninar e no branco dos peitos cheios de leite de minha mãe, mas também nos roxos do meu amor perdido, no verde-musgo de maldições e mesquinharias e na bem fraquinha música de esperança em violeta. Chorei quando ouvi os cânticos cor de rubi dos amantes na doçura da noite."

Eu estava fascinado. No absoluto silêncio que se fez, Manoel prosseguiu.

"Eu me sentia como se o meu pai, Joaquim, Donana, meu filho, minha mãe e o mundo inteiro estivessem passando por dentro de mim naquelas vozes feitas de cor. Então, cessou o hálito da minha vida. Eu morri e isso me deu um enorme alívio. Era assim o fim, tão doce? Fechei os olhos e descansei por um longo tempo, sem sonhos, embalado como se estivesse em uma rede, ouvindo o barulho das ondas do mar. Muitas horas depois eu percebi que chegava alguém. Tudo era névoa, mas vi um rosto fino. Sem nada dizer, me pegou pela mão e me conduziu por uns caminhos subterrâneos. Atravessamos grandes grutas de pedra e eu ouvia barulho de água pingando. Chegamos a uma câmara em que uma luz azulada se esgueirava, fazendo um jogo de sombras nas estalactites. Escutei sons de um rio subterrâneo e gritos esparsos de morcegos. Uma mulher nos esperava. Parecia conhecida, mas não lembro até hoje em que lugar eu tinha visto aquele rosto. Ela se aproximou e, ao falar, vi que tinha boca, dentes e língua da cor de ouro velho.

"Deitaram-me no chão da caverna. A mulher passou a língua dourada no meu corpo inteiro. Achei que tremeria de choque, mas não senti coisa alguma. Só então percebi como era boa a morte, como era santa. Ali estavam minhas carnes geladas, meu sangue coagulado. Nada me afetava. Tudo em mim era frio e calmo – e isso me dava alegria, porque eu queria estar morto. Não me importavam mais a família, os amigos e essa luta do viver. Pela minha cabeça passavam umas ideias que nunca tive antes: por que estar de novo no mundo, sofrendo tanta dor? Para que comida apodrecendo na barriga, fezes dentro de mim, doenças, horas e horas de trabalho? Não queria mais sentir frio, calor, ódio e preguiça. Já não queria parecer bom, nem fingir alegria quando queria chorar. Eu queria que me deixassem em paz, sentindo o corpo ir embora e a memória se apagando, mas a língua dela estalava um chamado à ressurreição. Devagar, comecei novamente a sentir o fluxo do sangue nas veias e a familiar batida do coração. Ele começou a pulsar muito levemente, resistiu o quanto pôde e aos poucos foi vencido. Logo tornou-se um martelo ressoando no meu peito. Eu sentia latejar a testa e retesarem-se as veias do pescoço. Quis chorar. Os músculos se tensionaram e o ar rompeu os caminhos até os pulmões, abrindo os tecidos colados. Meu corpo, perdido entre abismos de prazer e dor, lutava consigo mesmo. Agora sei porque a gente grita ao nascer."

Ele se calou e aos poucos reassumiu a antiga expressão. Era como se estivesse lentamente se reapossando da própria existência.

"Então tive um espasmo final e abri os olhos, ainda tonto, naquele cemitério. Não foi o Eleutério, nem o Raimundo que me ressuscitaram. Foi o ouro velho da língua daquela mulher. Quando tocou a minha boca, ela parecia uma flor de açúcar se dissolvendo na saliva. Por isso Donana não me quis. Mulher conhece o seu homem. Eu reapareci da morte gemendo de gozo, a pele toda arrepiada, o calor da vida fazendo de novo bater o meu coração. Ela sabia. Deve ter ficado horrorizada. A morte, para Donana, era um caminho que levava pro céu ou pro inferno. Mas era morte cheia de santidade, carregada de tristezas e rezas. Não era para ser como as coisas da Terra, especialmente as que não são santas. Quando penso nisso, eu quase entendo ela ir embora."

Manoel se calou e seu rosto parecia quente e vermelho. Na cabana, os ouvintes permaneceram calados.

"Foi isso, então?", perguntei.

"Foi."

"Parece mais um sonho erótico que uma experiência de quase-morte."

Meu deboche caiu no vazio. Encontrei nove pares de olhos me encarando sem qualquer simpatia. O décimo estava atrás de um capacete, mas instintivamente eu sabia que pensava o mesmo que os outros.

Pela primeira vez, desde que cheguei, estava consciente de minha ignorância e inadequação. Balbuciei desculpas, envergonhado. *Que idiota*, pensei.

Inpu veio em meu socorro.

"Muito bem, não me parece que o pobre Manoel mereça algum tipo de castigo. Ou alguém aqui vota pela condenação dele?"

Todos negaram, movendo a cabeça, em meio a murmúrios esparsos.

"Você teve sorte, Manoel. Fossem outros ouvintes, menos generosos, e você seria condenado sem direito à defesa, mesmo sendo vítima do preconceito e da ignorância. Julgar e condenar é irresistível para alguns."

"A opinião pública pode ser a mais dura das tiranias", acrescentou o homem ruivo com a cicatriz no rosto.

"A voz do povo geralmente sai da própria boca do inferno", completei.

Inpu deu uma sonora gargalhada e eu o acompanhei, mesmo achando ridículo rir da própria piada. Os outros continuaram quietos.

Nova pausa, mais longa, rompida pelo homem que parecia Dom Quixote.

"Às vezes é melhor estar morto mesmo. A vida é dor."
"A vida é dor", repetiu a mulher de farta cabeleira.
Quem haveria de discordar?
Mais silêncio. A chuva redobrou de intensidade.

TERRÍVEIS DEUSAS – A CEGA VIRTUDE – AMOR E ÓDIO ·

CAPÍTULO 4

O PRIMEIRO OCUPANTE DO INFERNO

A TERRA JÁ NÃO QUER PARIR FRUTOS – MISTÉRIOS DE ELÊUSIS

•• ALETHEIA se pôs a massagear as mãos da defunta, murmurando uma cançoneta em *bocca chiusa*.

O homem com a cicatriz no rosto se levantou.

"Manoel é um homem bom, coitado. Não merece penar mais do que já sofreu. Mas o que eu tenho a dizer não é bonito e nem ouso pedir a vocês que me arranquem do inferno. Eu mesmo já me condenei e nele vivo há muito tempo."

"Vamos ver se os demais têm pedras suficientes para lhe atirar", falou Inpu, pensativo.

"Estou sozinho há muitos anos. Já tinha até me desacostumado da companhia dos outros humanos. Comigo, só meu cachorro, Argos. Olhem, se eu tivesse as palavras na quantidade e na qualidade certas, eu poderia fazer vocês sentirem exatamente o que eu sinto. Se ao menos eu tivesse mais e melhores palavras..."

Parou por um momento e abriu os braços: "Desculpem, mas vou contar do meu jeito. Aviso logo: vai ser bonito quando eu lembrar do meu começo, quando eu era inocente; depois vai ser feio, porque me tornei feio – por fora e por dentro. Eu estou podre, exalo mau cheiro. Minha alma é tão corrompida quanto o meu corpo."

A frase me deu uma estranha sensação de familiaridade. Ao levantar a cabeça, percebi que os outros também pareciam impactados. É universal o mau julgamento de si mesmo. Nós, humanos, somos oito ou oitenta, já reparou? Vamos da psicopatia mais indulgente a abismos de culpa e autodepreciação. O caminho do meio nos parece mais difícil, por alguma razão obscura.

Fui arrancado dos meus devaneios pela voz do ruivo, que retomou a narrativa.

"Nasci há muito tempo, numa montanha perto de Phthónos. Minha família foi a primeira a cultivar a terra. Lugar isolado, selvagem e difícil de alcançar, com invernos rigorosos e verões amenos. Meus antepassados haviam plantado um grande bosque no entorno de nossa casa. Criávamos cabras, galinhas e ovelhas e descíamos uma vez por mês à aldeia para vender animais, ovos e queijo. Junto levávamos azeitonas, vinho, azeite, mel e oxygala, um iogurte que minha mãe fazia com rara perícia.

"Crescemos assim, eu e Andreia, minha irmã. Na primavera, deitávamos sob as amendoeiras e passávamos horas vendo flutuarem as pétalas brancas. No verão e no outono trabalhávamos de sol a sol, colhendo cestos de azeitonas, figos e nozes, vigiando se as uvas estavam maduras e se a casca das romãs já tinha mudado de cor. Quando nevava, víamos o mundo inteiramente branco e sentíamos grande calma. O trabalho se reduzia e podíamos, enfim, brincar. Andreia era uma artista e sempre foi boa em contar histórias. Nos dias frios, ela me entretinha com seus contos fantásticos, de personagens que esculpia em terracota para que eu os enxergasse do mesmo jeito que ela.

"Quase não íamos à grande cidade, a não ser para os festivais religiosos importantes. Nossa religião era praticada no pequeno altar doméstico dedicado a duas deusas, Deméter e Perséfone. Sempre tive medo dessas duas, admito. Passionais demais, furiosas e temperamentais, e, para piorar, uma delas era a rainha do submundo e a outra atormentou o próprio Zeus. Jamais disse isso em voz alta, temendo que as terríveis deusas desabassem sobre mim a sua fúria. Minha mãe, iniciada nas Eleusínias, era a nossa sacerdotisa e nos recordava constantemente que 'aquele que foi purificado e iniciado habitará com os deuses'.

"Havia sempre flores, frutos e uma lâmpada de azeite diante do altar, especialmente nos tempos de plantio e de colheita, mas eu sentia vontade de correr ao passar diante dele. Não me saía da cabeça que Perséfone sentava-se no trono de Ébano e reinava com Hades sobre fantasmas pálidos. Eu a temia e minha mãe a amava. Eu evitava a todo custo lhe pronunciar o nome; mamãe a invocava. Sabia que eu morreria se a deusa cortasse o finíssimo fio de cabelo que me ligava à vida. Perante ela, sempre me senti frágil e pequeno, certo de que seu poder era capaz de me abater a qualquer instante. Não poucas noites acordei suado após um pesadelo em que ela me oferecia uma taça cheia de água do rio Lethe. Se bebesse, eu esqueceria a vida que ficara para trás. Não mais voltava a dormir, estremecendo, imaginando Perséfone a rir de mim no escuro, imensa e destrutiva. Então, segurava a mãozinha de minha irmã adormecida."

Ele fechou os olhos por alguns segundos.

"À medida que crescia, fui me afastando de Andreia. Mal me dei conta de mim e já notei o espinho a me picar quando elogiavam a minha irmã. Ela criava mundos próprios, habitados por seres improváveis e objetos impossíveis. Caixas de vidro com cavalos bailarinos, porquinhos alados, azeitonas cantoras, tâmaras que já vinham com recheio de queijo de cabra e tapetes de plumas de pássaros que sabiam falar todas as línguas do mundo. Ou talvez eu me ressentisse porque meu avô a amava mais que tudo, assim como meus pais, os amigos, os cães e as ovelhas. Talvez porque fosse a caçula, a única menina, e por ter tantos dons.

"O rancor devagar se dilatava no meu peito na mesma proporção que as habilidades dela cresciam. Com olhos de falcão eu a via encantando familiares, amigos e estranhos. Nos festivais da thesmophoria, meu estômago ardia ao vê-la surgir com os braços cheios de jacintos, narcisos, íris e lírios, como se fosse a própria Perséfone a encher a Terra de luz, após meses nos reinos de névoa e sombras. Quando dançava e entoava os hinos às deusas eu desviava o olhar, incapaz de suportar a picada da serpente no meu peito. Mal descíamos para a feira e todos vinham procurá-la. Eram beijos, abraços, sorrisos que me queimavam. A mim ninguém notava. Eu, o irmão esquisito, cada vez mais calado, que andava de cabeça baixa, sem cumprimentar ninguém; o que respondia em monossílabos e tinha a voz sumida. Eu, o sem talentos a exibir, o que se atrapalhava se tentasse dançar, o que desafinava. Eu, o ridículo, que tropeçava nos tocos, tinha cabelos desgrenhados e mau hálito; o que pensava mal de todos, o que estrangulava sapos. Eu, o que trazia vinagre nas veias.

'Nem parecem irmãos', ouvi certa vez o comentário de Korina, quando passávamos em direção à feira. 'Ela é uma ninfa dos bosques; ele, um sátiro', riu-se a companheira dela. 'Certos úteros parem pássaros e porcos, não é?', gargalhou uma outra."

Era visível o desconforto do infeliz.

"Eu amava Korina. Ouvi-la rir da minha feiura me pôs gotas de fel na saliva. Nunca mais olhei pra ela. Sou rancoroso. Tentei me afastar mais de Andreia. Mal tolerava sua presença, a risada cristalina e a alegria quase infantil.

Mas, para meu desespero, ela estava ali, partilhando casa e cotidiano, sem saber que diariamente me descascava as feridas com seu talento inesgotável para todas as coisas. No inverno em que ela completou dezesseis anos, esculpiu em terracota pratos delicados, vasos encantadores pintados com cenas das deusas, miniaturas para enfeitar o túmulo das crianças. Quando descemos ao mercado no verão, vendeu todas as peças, assim como os tecidos que fiara. Contou-me tudo isso com os olhos brilhantes, abraçando-me em efusão, certa de que eu a carregaria no colo, como fazíamos quando bem pequenos e eu a idolatrava. Mas fiquei com as mãos caídas ao longo do corpo. Ela se afastou ligeiramente confusa e me segurou o rosto com as duas mãos. Como havia se tornado bela! Olhei detalhadamente seus olhos claros, os fios loiros suavemente flutuando em torno do rosto rosado. E a odiei como nunca. Uma surda revolta contra os deuses por lhe haverem dado tudo o que a mim negaram. Nunca tive tanta consciência dos meus olhos muito separados, dos dentes tortos e dos pés deformados. Empurrei-a com força. Caiu de costas nas pedras, a me fitar, espantada e sem reação.

'Deilos...', balbuciou.

'Deilos, o que aconteceu?'

"Sem responder, virei de costas e a deixei atônita e caída. Foi a primeira vez que permiti ao ódio e à frustração extravasarem. Gostei da sensação. Passei a respirar melhor. Voltei tarde pra casa, certo de que enfrentaria as reprimendas dos meus pais e avô, mas tudo estava silencioso. Na manhã seguinte, nenhum sinal de que sabiam do que ocorrera. Ela não falara nada. Prometi a mim mesmo que iria me controlar. Não por ela, mas por mim, para evitar ser surrado e recriminado. Durante o café da manhã, quando ela me serviu as *teganites* que acabara de fritar, notei que as pequenas mãos haviam se ferido na queda. Peguei uma das panquecas e o iogurte e comi em silêncio. Andreia desviou o rosto, os olhos se enchendo de lágrimas. Levantei e depositei um beijo nas mãozinhas feridas – eu precisava garantir que continuaria a salvo. Ela soluçou alto e eu a abracei.

'Não sei porque fiz aquilo...'

'Já passou, Deilos. Sabe o que mais te desejo, meu irmão?"

"Balancei a cabeça negativamente enquanto ela me abraçava mais forte, com os olhos fechados.

"*Kharis,* a felicidade e a graça dos deuses.'

"Meu avô entrou na sala naquele instante e uma ruga surgiu entre as suas sobrancelhas.

'O que aconteceu?'

'Nada aconteceu, avô. Deilos estava me consolando porque minhas mãos doem desde a queda de ontem', ela respondeu rapidamente.

"Uma sombra passou pelo rosto de meu avô. Gostaria de dizer que foi breve, mas ela nunca mais o abandonou. Desde então passei a sentir seus olhos me seguindo. Ele me vigiava, estudava o meu rosto, minhas reações e, principalmente, qualquer gesto ou expressão em relação a Andreia."

Parou por alguns minutos, parecendo incerto sobre continuar. Achei que pararia de vez, mas ele se refez e prosseguiu.

"Chegou o mês de boedromion e a excitação tomou conta da minha casa. As colheitas estavam maduras, os frutos suculentos enchiam os cestos e minha mãe preparava as honrarias à deusa-mãe. O *kykeôn* estava pronto para ser bebido e seu perfume se espalhava, convidando Deméter a nos abençoar as plantações. Bebemos o melhor vinho, embriagados pelo aroma do pão recém-assado e dos biscoitos de gergelim, adoçando a língua com mel e figos. E por uns poucos instantes, enquanto cantávamos, houve felicidade para mim.

"Pouco antes de dormir, cumprimos o ritual familiar de oferecer presentes ao avô. Andreia foi a primeira. Deu-lhe uma romã perfeita, de cor intensamente vermelha e com uma pequena coroa de rainha no topo. Meu avô a acolheu em seu peito largo, deliciado. Ela, com um riso travesso, mostrou-lhe a mão que trazia escondida nas costas e ele viu a pequena escultura em terracota que mostrava um homem e seu cão: ele mesmo, eternizado em argila cozida. A emoção deixou vermelha a cara do velho. Apreciei, divertido, a luta dele para não perder a imagem de homem bruto, de um gigante que domava a terra com as próprias mãos.

"Eu lhe ofereci um dos meus carneirinhos, um excepcionalmente branco. Sabia que ele amava aqueles animaizinhos macios. Costumava mergulhar os dedos em sua lã, brincando com eles, a rir sem parar, como se ainda fosse criança. Mas mal olhou o meu presente. Não estendeu as mãos para recebê-lo. Apenas me fitou longamente, com os olhos brilhantes e frios, o rosto transformado em máscara de pedra. Então, deu meia volta, desviando-se de mim. Um grande silêncio desceu sobre a nossa casa. E no meu peito rugiu, finalmente, a ira que eu cozinhava em fogo lento e me consumia as vísceras, os olhos, o corpo inteiro. Naquela noite não dormi. O incêndio se alastrava – devorador."

Um vento frio varreu a casa e nos desconfortou. A voz do narrador se tornou ligeiramente trêmula.

"Pela manhã, busquei o avô. Estava sentado sob uma oliveira, de olhos fechados, mordendo um capim seco.

'Estava te esperando, Deilos.'

"Eu quis falar, mas o mesmo ódio que me transfigurava também me pesava a língua.

'A tua cara está terrível. O que te transtornou tanto que até a tua cara mudou? Pareces um leão pronto a atacar.'

"Eu quis responder com o respeito devido aos avós, mas apenas consegui vomitar meu despeito, humilhação e ira. Ele ouviu silencioso, sem parar de morder o capim. Quando me calei, ele se voltou para mim e seus olhos estavam mudados. Ali estava novamente o meu velho e bondoso avô.

'Eu fiz de propósito', ele disse.

'Por quê?', perguntei desconcertado.

'Para finalmente enxergares, sem qualquer dúvida, o verme que há anos vem crescendo dentro de ti. Não penses que sou cego. Eu tudo vejo, pois assim são os velhos que cuidam da própria alma. Viver muito, observar sempre e pensar com calma fazem a gente decifrar melhor o coração humano, esse cofre de carne no qual guardamos tantas surpresas.'

"Senti meu rosto esquentar. Baixei os olhos.

'Senta aqui, meu filho. Deixa-me te aconselhar. Há venenos que bebemos voluntariamente. Há muito tu bebes o sumo peçonhento que se espalha pelas tuas veias. Não o bebas mais, eu te peço.'

'Já não sei como evitar', admiti, envergonhado.

'Começa por não te comparar a ninguém. O mundo está cheio de gente mais feliz, bonita e talentosa – como a tua irmã. Ela ganhou as dádivas dos deuses, mas não as pediu nem se vangloria delas. É um espírito puro. Não a culpes. Não levantes a mão contra ela, para que a ira dos imortais não recaia sobre ti.'

"Um arrepio me percorreu a coluna ao ouvir essas palavras, como se o velho apenas repetisse a voz dos deuses a me alertar sobre a ideia malévola que há algum tempo eu acalentava.

'Por outro lado', continuou o avô, 'a comparação é uma navalha de duplo fio. Pelo caminho encontrarás gente que não possui teus talentos para o cultivo e a criação de animais. Diante de nossa casa, dos nossos pomares cobertos de frutos, dos pastos com os animais gordos e da mesa farta, vão dizer da tua sorte abençoada pelos deuses. Não verão o teu trabalho, mas o teu sucesso. Terão inveja de ti, os amigos te caluniarão pelas costas e vários se aproveitarão da tua bondade, muitas mulheres se aproximarão por interesse em tuas moedas e não no teu caráter ou no teu corpo. E tu, ao perceberes tudo isso, te sentirás superior a eles – o que também é uma ofensa a ti mesmo e ao mundo.'

'Não sei o que fazer.'

'Primeiro luta. Luta como se fosses Ulisses e tivesses mil ardis na bolsa. Tapa os ouvidos ao canto enganoso da sereia que se aninhou no teu peito. Expulsa-a, fecha os ouvidos com a cera da cautela, ata-te ao barco com as cordas fortes da tua vontade. Caso contrário, te perderás e jamais encontrarás o caminho de volta para casa; esta casa...', disse apontando para o meu peito.

'Não sei se consigo.'

'A decisão sempre será tua. Se fizeres o bem, se te cultivares contra esse mal que te devora, não é certo que serás amado e teus presentes e dons serão aceitos e louvados? À tua porta está o mau sentimento que te profana e diminui. Deixa-o do lado de fora. Ele tenta te dominar, mas és tu quem deves dominá-lo. O domínio do teu coração é a tua Troia de altas muralhas – deves conquistá-la a qualquer custo.'

'Não tenho forças para isso.'

'Tens preguiça, isso posso ver. Preferes deixar a sereia te dominar que enfrentar o teu árduo caminho de volta.'

'Ulisses levou vinte anos.'

'Podes levar a vida toda, mas lembra-te: aquele que vence a si mesmo é o maior dos conquistadores.'

"Saí dali com a cabeça em fogo. As palavras do avô lutavam, débeis, contra a fúria que já me dominava. Não lutei contra ela. Minha perturbação se fixou na recusa do carneirinho. Via vezes sem conta a alegria do velho ao receber os presentes de Andreia e o ar de desprezo com que me olhou. Diante dessa memória, as palavras posteriores do avô perderam valor e sentido. Ele só quer me torturar, eu me repetia. Na verdade, só quer protegê-la. Comigo não se importa. Nenhum deles se importa."

Calou-se e bebeu um pouco do chá. Aproveitei para observá-lo durante algum tempo. Ali estava, ainda muito forte e visível, o mal que o atormentava.

"No dia seguinte, eu colhia uvas quando Andreia se aproximou. A simples visão de minha irmã fez ressurgir meu ressentimento. Era como uma onda se levantando dentro de mim, turbilhonando.

'Posso falar com você por um instante, Deilos?'

"Parei, de má vontade, apoiando a ponta do facão no chão.

'Fale.'

'O que eu lhe fiz, meu irmão?'

'Você existe. Morra e tudo passará.'

"Ela não esperava aquela resposta, dita em tom frio e entredentes. Ficou muda, com os grandes olhos verdes arregalados.

"Naquele instante, algo se desatou em mim. Um calafrio percorreu minha espinha. A percepção de sua vulnerabilidade e surpresa libertaram a torrente de emoções que eu havia reprimido por tanto tempo.

“Pus as duas mãos no pescoço dela e a sacudi com força.

‘Você não se cansa de seduzir os outros, com essa voz macia e esses presentinhos? Não pense que sou cego para as suas artimanhas. Eu vejo tudo. Você é uma hidra, egoísta, que tudo quer pra você. Não deixa uma só migalha cair da mesa. Come tudo sozinha, gulosa! Não sabe dividir. Você, para mim, é um verme, um parasita, que suga tudo dos outros. Miserável, maldita! Sem você a minha vida seria muito melhor.’

“Falei essas e muitas outras coisas, com os berros cada vez mais altos, as mãos apertando com mais força e sentindo o gosto de sangue vindo da garganta. Só parei quando o corpo dela amoleceu e o rosto muito rubro tombou para o lado. O que eu havia feito? Repentinamente me dei conta da loucura que havia tomado conta de mim. Chamei-a baixinho, depois mais alto. Tentei sacudi-la pelos ombros, vendo, horrorizado, a cor desaparecer dos lábios dela. Andei em círculos, com as mãos na cabeça, o coração descompassado. Aos poucos, meu sangue frio voltou e decidi o que fazer. Empurrei-a pela encosta e acompanhei o corpo a rolar até se quebrar lá embaixo. Então fugi. Fui pra casa e tomei um banho, entorpecido, meio alucinado. Tudo girava lentamente.

“Ao cair da noite, minha mãe procurou Andreia. Fingi que não sabia. Meu pai e meu avô voltaram da aldeia, onde haviam ido receber pagamentos, e nos encontraram numa busca frenética.

‘Onde está a tua irmã?’.

“A voz do avô veio carregada de suspeitas.

'Não sei. Por acaso sou o guardião da minha irmã?'

"Logo, munidos de tochas, entramos na plantação. Na tarde do dia seguinte meu pai a encontrou. Não vou aqui descrever a cena de meus pais e avô diante do cadáver de minha irmã, mas podem imaginar.

"Quanto a mim, o arrependimento me mastigou os ossos na casa enlutada. Nada ocorreu como imaginei. A ausência de Andreia não me trouxe alívio. Ao contrário, cada um dos meus motivos pareceu desimportante depois que ela se foi. A visão de meus pais esmagados pela dor me fez sentir oco e apodrecido, como se meu corpo fosse a casca de uma árvore tomada pelas larvas dos insetos. Passava as noites atormentado, remoendo o meu crime. Quando o cansaço me vencia, logo sonhava com Perséfone a me oferecer as águas do Lethe. Eu agarrava a taça sôfrego, mas estava seca. Então acordava, ainda ouvindo o riso cruel da deusa a me negar o esquecimento.

"Aos poucos comecei a acreditar que o olho vingativo da rainha do submundo me espreitava sem descanso, aguardando a ocasião para me desmascarar e punir. Só isso explicava as moscas varejeiras que agora me cercavam. Eram enviadas dos infernos para me atormentar. Passei a dormir fora de casa, longe do altar. E quem me via falando sozinho pelos bosques, espantando as moscas verdes que me sugavam o sangue e agitando os braços em torno da cabeça, sentia compaixão, certo de que eu enlouquecera após a morte de minha irmã."

Observei disfarçadamente o narrador. O rosto dele agora parecia querer se incendiar e a luz do lampião sobre os cabelos vermelhos formava uma carapaça de sangue em torno da cabeça.

Nesse instante, o velho que parecia Dom Quixote soltou um gemido alto e interrompeu a narrativa. Pôs a mão enrugada sobre os olhos e seu choro nos invadiu os tímpanos. Uivava o velho, e por alguma razão eu quis uivar também, como as feras solitárias, com os dentes sujos de carne e vísceras.

"Ay Dios mío. Ay ay ay..."

O homem do escafandro moveu o rosto para melhor examinar o velho fidalgo, mas rapidamente balançou a cabeça, como que negando alguma impressão que tivera.

Inpu se aproximou e entregou uma xícara de chá ao Dom Quixote. Agachou-se um pouco e lhe ficou acariciando um dos ombros até que parasse de soluçar. Somente quando se fez algum silêncio novamente, ele levantou o indicador e, apontando para o homem da cicatriz, sinalizou que continuasse. Parecia um diretor de cinema comandando uma cena. Ou um maestro.

"Algumas semanas após o sepultamento de Andreia, meu avô se aproximou de mim. Muito sério sentou-se ao meu lado e me endereçou palavras aladas.

'Que fizeste, meu filho? A voz do sangue da tua irmã agora encharca a terra, e eu a escuto nas noites silenciosas. É tão alta que já não durmo. Eu a ouço entre as oliveiras, a se lamentar e a te acusar. O que fizeste?'

"Caí de joelhos diante dele, incapaz de negar.

'Avô, me perdoe', disse agarrando as pernas do velho. 'Foi um acidente, eu juro. O que eu fiz, avô, o que eu fiz? Caíram as escamas dos meus olhos, avô. Tudo era tão pequeno, tão ridículo. Não há perdão para a maldade que existe em mim.'

'Ah, desgraçado, então foste tu, mesmo!'

"O velho ergueu-se num salto e seus olhos espelharam uma ira que jamais pensei existir: a ira santa que vinga os inocentes. Em poucos segundos estava sobre mim e, antes que eu pensasse em reagir, sacou a adaga e fez este corte que me atravessou o rosto. Senti algo morno borbulhando nas bochechas e me inundando o nariz. Abri a boca para respirar e bebi meu próprio sangue, rubro, culpado.

'Eu tanto te avisei. Não ouviste os meus conselhos. Não penses que por seres meu neto vou te poupar. Eu te amaldiçoo agora e também amaldiçoo esta terra cuja boca se abriu para beber sangue inocente. Vai embora. Aqui nada mais te cabe. Teu destino é ser errante e fugitivo. Foge, antes que teu pai e tua mãe descubram. Poupa-os pelo menos desse desgosto.'

"Fugi. Mas havia perdido muito sangue. Caí no meio da praça da aldeia e me socorreram delirante, balbuciando minhas culpas, trombeteando a céus e terras o meu crime. Meus pais me recolheram e cuidaram de minhas feridas. Durante toda a minha recuperação, nenhuma palavra me foi dita, nenhum olhar pousou no meu. Dividiam-se em dúvida terrível e escolheram calar-se

– há algumas verdades impossíveis para o humano coração aceitar; melhor mentir a si mesmo; melhor não perguntar."

Sufocado, ele inclinou a cabeça e assim permaneceu por algum tempo.

Nós, os que ouvíamos, não nos mexemos. Tive a impressão que todos visitávamos a grande sala das verdades invisíveis. Eu via a minha se insinuando: Lya de olhos esbugalhados, na nossa sala, com a pele amarelada, a barriga dilatada e o tubinho de oxigênio do nariz, e eu a comentar tolices sobre um programa de televisão.

O narrador levantou, serviu-se do chá e fez uma careta.

"O que é isso?"

"Rooibos", respondeu Inpu, sem se voltar. "Beba, dizem que acalma a ansiedade."

Bebeu. E ao depositar a xícara na mesa retomou a história.

"Voltar à minha casa foi mais um castigo de Perséfone. Dia após dia eu era obrigado a testemunhar minha mãe coberta pela túnica do luto, os olhos inchados. Ia diariamente ao túmulo de Andreia e lá depositava as flores de açafrão que minha irmã gostava de usar nos cabelos, e suas lágrimas eram grossas como cordas. Somente a deusa poderia compreender a dor pela filha perdida que agora vivia com Hades, o rei dos mortos. Por isso fez do altar o seu refúgio. Cercada de incensos e desolação, ao longo do dia repetia o hino a Deméter como que para dar razoabilidade à tragédia que lhe destruiu a vida: '*Nós, humanos, suportamos os presentes que os deuses nos dão, mesmo quando estamos de luto pelo que acontece.'*

"Não mais sorriu a minha pobre mãe. Comia mal, bebia pouco, a definhar de saudades da filha. Sua tristeza contaminou a terra e fez daquele ano o mais terrível. As sementes permaneceram escondidas no subsolo, e mesmo com os curvos arados sendo arrastados pelos campos por muitos bois, tudo foi em vão. Os brilhantes grãos de cevada caíram na terra e apodreceram, as oliveiras não pariram azeitonas, as romãs murcharam nos galhos, as fêmeas não engravidaram. A fertilidade se divorciou da nossa montanha. Tudo se tornou estéril, seco, quebradiço, mas nenhum de nós – imerso no próprio choro – se importou.

"'Oh, Deméter, por que, na tua dor, não destruíste toda a raça dos méropes, esses humanos sem coração? Devias tê-los matado de fome severa, privando-nos de acontecer esse tempo nosso', carpia a minha mãe, olhando a paisagem ressecada, os frutos cobertos de moscas e as ovelhas magras.

"Para não mais ouvir palavras como essas, salgadas pela dor, é que fui embora. Desci para a aldeia, mas ali também fui rejeitado. Os rostos irados, as expressões de nojo, os sussurros quando passava e os rosnados ferozes me diziam que a cicatriz jamais permitiria a eles esquecerem o que fiz. Digo apenas *esquecer*, pois perdoado eu nunca seria. A voz do invisível deus dos mortos me segredava a cada respirar que aqueles que violarem *díkē*, a Justiça, serão punidos por todos os dias que virão. Oh, Hades!"

Calou-se então o narrador perante o suspiro coletivo que escapou do peito dos ouvintes.

"O que aconteceu depois?", perguntei.

Ele prosseguiu após um breve soluço.

"Atravessei o mar cor de vinho. Cheguei a Atenas, exausto e faminto, com a esperança de que o anonimato pudesse aliviar meu fardo. Eu poderia recomeçar, carregando os pesos internos que mais ninguém conhecia. Tornei-me servo em casa alheia, tolerando a repugnância que a deformidade de meu rosto causava, consolado por não poderem ver a ferida invisível nem sentir a podridão que exalava.

"Vivi solitário, odiando a companhia dos homens, imaginando em toda parte ouvir acusações. Mesmo nos festivais, sentado sozinho, achava que era comigo que os deuses falavam quando os atores encenavam a *Medeia*.

'Infeliz, por que a ira feroz ataca a tua alma?'

'Por que em seu lugar está o assassinato crescendo?'

'Graves para os homens mortais são as perversidades que vêm de parentes.'

'Sangue derramado sobre a terra...

"Então me retirava, tropeçando nos outros, e me escondia nas grutas, nos buracos do chão, nas tocas abandonadas pelos lobos.

"E assim derreteram-se os dias.

"Supliquei pela morte, mas veio a velhice. Tive tempo de ver desaparecer tudo o que amei. Sempre errante, sempre solitário, a remoer memórias. Acho justo. O meu foi o primeiro crime do mundo, o mesmo de Caim, que inaugurou o inferno. Eu a ele me uni para juntos semearmos flores secas no jardim das sombras de Perséfone."

A voz dele foi morrendo devagar, até se tornar um sussurro nas últimas palavras.

Inpu levantou-se da cadeira e nos convocou ao julgamento.

"Deilos acaba de confessar um assassinato. Quem será o primeiro a condenar Deilos?"

Alguns baixaram a cabeça; outros olharam para as paredes. Murmúrios se ouviram.

"Eu, não."

"Nem eu."

"Não, também. Quando chegar a minha vez, vocês entenderão."

"Vão deixar impune o crime dele?", perguntou o dono da funerária, acendendo um cachimbo que espalhou um odor adocicado pela sala.

"O que eu acho", interferi, "é que todos aqui pensam que ele já está no inferno. Vive sob castigo, aprisionado. E nenhum de nós quer aumentar-lhe a pena, até porque seria difícil pensar em algo pior."

Os outros concordaram.

Uma coruja piou lá fora.

Eu fechei os olhos e durante muito tempo ouvi a chuva.

CAPÍTULO 5

SERENA E O LAGO

FOGO E GELO – ÁGUA VIOLETA –
SEXO LÍQUIDO – A PELE TRANSLÚCIDA

•• ALETHEIA

havia vestido a morta enquanto ouvíamos a história do atormentado Deilos e agora lhe massageava os pés com óleo perfumado. Inpu fumava o seu cachimbo, perdido em pensamentos. Sentado na cadeira com as costas retas, ainda assim parecia confortável. De repente, seus olhos adquiriram um brilho novo. Caminhou até a moça que usava o impermeável e se agachou diante dela.

"Por que não nos conta a sua história, Serena?"

Ela concordou, mas não fez nenhum gesto para remover o capuz. Falava lá de dentro, como uma sombra no fundo de uma caverna, ou uma velha tartaruga prudente. Em torno dela, a poça d'água não dava mostras de secar.

"Nada me foi jamais proibido, exceto o lago", ela começou. As palavras soavam como a água batendo na madeira do cais. Um som líquido moldava as sílabas, por vezes feroz como os peixes nas fossas abissais; por vezes leve como o murmúrio das águas-vivas, mas sempre perigoso.

"Uma leve camada de névoa cobria a água durante as horas mais quentes do dia. Só desaparecia quando as montanhas escondiam o sol. O céu então se tornava claro e levemente rosado, jamais vermelho ou alaranjado. Tudo muito limpo, arejado, com as águas imóveis e a luz a girar sobre elas um caleidoscópio de azuis, roxos de luto e pinceladas, aqui e ali, de cor-de-rosa emprestado do céu.

"Existe apenas para contemplação e sonho, diziam os vizinhos sobre ele, a repousar silencioso entre as montanhas. Suas águas de cor violeta eram mortas, sussurrava a voz temerosa dos antigos. Nada ali sobrevive, informava a voz sóbria da ciência. Não é sal, não é veneno. É o frio, ponderava a voz sensata de meu pai. No inverno, o gelo cobre suas águas. No começo da primavera, desabam sobre ele as neves derretidas. Nada cresce, nenhuma planta ou peixe. Tudo o que tocou a superfície do lago, morreu. É um lugar de parcas, um vaso da finitude, o avesso da vida."

O rosto dela permanecia nas sombras.

"Lembro da primeira vez que o vi. Eu tinha onze anos, pouco tempo depois de minha mãe ter ido embora. Estávamos passando por ele, ainda era dia. Meus sentidos se aguçaram diante do grande lençol líquido, esticado sobre o fundo do vale. Um sentimento instantaneamente despertado. Pedi para descer. Meu pai disse *não*. Até então, eu só ouvira falar do lago e de seus perigos – era a lenda local, recheada de histórias medievais, de rainhas da neve morando em castelos submersos, sereias de gelo e dragões sobre tronos de ouro no fundo. Insisti. Estávamos tão longe. Eu só queria vê-lo. Meu pai estacionou o carro e se debruçou, abraçando o volante, repentinamente abatido. A excitação crescia em mim.

'Apenas olhe um pouco e volte imediatamente.'

"Concordei.

"Desci sozinha, o coração descompassado. Era quase a hora do crepúsculo. As águas, ora azuis, ora levemente rosadas, por vezes roxo escuro, se enfiavam na minha mente, injetando desejos que eu nem sabia existirem. Tudo em torno do lago era azulado – montanhas, céu... Centenas de milhares de tons, dos desmaiados azuizinhos dos anjos aos anis pesados, meio misturados a chumbo. Nas suas areias havia o eco dos sussurros das velhas de aldeia, recitando sortilégios, e o sol parecia sufocado, um tanto ausente. Ah, sim, e o silêncio. Impossível, solene, combinando com a superfície perfeitamente lisa.

"Toquei as águas com a ponta dos dedos e um arrepio gelado percorreu meu braço, como se o lago tivesse vida própria e quisesse me reclamar. Eu respirava forte, uma eletricidade me percorrendo as veias.

'Serena!'

"Estremeci. Saí correndo e entrei no carro sem dizer uma palavra. Parado na estradinha sinuosa que circundava a montanha, meu pai demorou a dar a partida. Parecia exausto ao me observar com atenção, o violeta do lago refletido em seus olhos claros.

"Os anos passaram, mas o lago permaneceu em mim. De vez em quando sonhava com ele e, invariavelmente, acordava molhada de suor, as faces vermelhas, os seios intumescidos. Só o vi novamente quando fiz dezenove anos. Na minha aldeia, as moças casam cedo. Eu havia casado com Erik uma semana antes. Era verão e eu estava moderadamente feliz. Erik era meu melhor amigo, o companheiro de infância, o lugar tranquilo onde meus excitamentos e explosões desaguavam e se pacificavam.

"Propus acamparmos às margens do lago. Ele titubeou um pouco, mas, ao contrário de meu pai, não temia as lendas. 'Histórias de velhos', rimos juntos. A ciência deve ter uma explicação lógica para nada viver ali. Nós é que não sabíamos.

"Chegamos ainda pela manhã. Trailer estacionado na estrada, descemos por um caminho escarpado carregando o essencial. Mal chegamos, largamos tudo no chão e nos pusemos a ver o lago de perto, pela primeira vez com total liberdade. Eu esperava que se repetisse aquele atordoamento dos onze anos, mas nada aconteceu. Havia apenas a serenidade líquida.

"Vimos uma fileira de pedras que avançava pela água, formando uma ponte natural. Erik e eu, ágeis como cabritos monteses, logo estávamos contemplando as profundezas transparentes. Vimos pedras coloridas – a maioria azuis – dormindo no leito – e nada mais. As margens eram um deserto. Nenhuma vegetação crescia, o mais reles capim estava ausente. Apenas grandes pedras cinzas.

"O dia passou rapidamente e acompanhamos a mudança das cores. Camadas de azul se entrelaçando a lilases; violetas se dissolvendo em róseos melancólicos. Tudo terminou em um índigo profundo cercado de silêncio. A nós restou a mudez dos que testemunham os grandes espetáculos da natureza."

Serena pressionou a palma da mão sobre o rosto encoberto.

"Deitados nos sacos de dormir, olhávamos a multidão de estrelas no céu e observei que era uma pena não podermos ver os astros durante o dia. Erik concordou. Estava quieto; não fez gesto algum para se aproximar de mim. Foi a primeira vez, desde que nos casamos. Eu nada disse. Minha timidez de recém-casada prendeu as palavras na garganta, mas de certa forma compreendi. A atmosfera em torno era pesada, lembrava a da catedral em que nos casamos. Algo ali nos constrangia suavemente a nos portarmos *bem*, como se estivéssemos diante dos olhos do Divino. Em meio a esses pensamentos e estrelas, adormeci.

"Era madrugada alta quando abri os olhos. Erik ressonava ao meu lado. Um brilho etéreo pairava sobre a superfície do lago, como um convite mudo e irresistível. Minúsculas estrelas, milhares delas, cintilavam sobre as águas. Caminhei sem pressa, com passos firmes, até a margem e ouvi o murmúrio de uma voz. Um canto sempre igual, hipnótico e doce, que me parecia familiar.

"Pus os pés na água e ouvi um gemido de triunfo, um choque inicial nos tornozelos. Mais alguns passos e as águas me recolheriam. Mas fiquei parada, esmagada pelo prazer que subia dos pés, arrebatador. Longe, a voz de meu Erik parecia me chamar. Dei dois passos na direção das pedras e saí, ouvindo ainda o resfolegar das águas contrariadas, um murmúrio desagradável, de coito interrompido, suplantado pela voz de Erik, desta vez alta e próxima.

'Meu Deus, Serena, o que você está fazendo?'

"Meu corpo tremia. Um pavor gelatinoso misturado a remanso, de medo e de cansaço pós-sexo.

'Acho que sou sonâmbula, Erik.'

"Meu marido me abraçou, deu-me um copo d'água, e de manhã partimos, sem coragem de olhar novamente o lago. Cada um de nós por motivo diferente.

"Nos dias seguintes, meu corpo começou a mudar. Primeiro os pés. Minha pele, antes branca, tornou-se quase translúcida. As veias azuis se tornavam a cada dia mais visíveis, como se eu as enxergasse através de uma espécie de gelatina. Pareciam os pés de um feto, os meus.

"Aos poucos passei a ver-lhes todo o interior: cada músculo, osso, nervo e tendão... Comecei a andar de meias no verão. Erik estranhou, mas dei uma desculpa e esquecemos o assunto. O sexo mudou também. Eu mal podia esperar Erik chegar em casa e já lhe tirava a camisa, as calças e me jogava sobre ele, insaciável.

"No princípio, meu marido estranhou, mas logo passou a rir e a dizer que eu havia finalmente descoberto os prazeres do casamento. Rolávamos, suados, na cama, no chão, na mesa da cozinha, mas eu sempre queria mais. Praticamente exauria Erik, que, com o passar dos dias, mostrava olheiras escuras e emagrecia a ponto de as roupas ficarem folgadas nele.

"A aparência de Erik inicialmente foi alvo das tradicionais piadas sobre jovens recém-casados, depois se tornou razão de preocupação. Nem a doença dele me conteve. Eu montava nele a cada noite, indiferente à infinita tristeza em seus olhos.

"Não pensem que não lutei. As transformações me agoniavam. Uma parte de mim queria a quietude da minha vida previsível; a outra se debatia em desejos."

Serena calou-se um pouco, mas logo continuou.

"Meu marido passou a chegar cada vez mais tarde em casa, calado, uma sombra. Um dia simplesmente saiu sem dizer aonde ia e não voltou. Ao terminar de alimentar os animais, no fim da tarde, encontrei a mãe de Erik e meu pai sentados na cozinha, ambos de olhos vermelhos. Em poucas palavras me informaram que o médico estava alarmado com o estado de meu marido e o levara para o hospital de uma cidade maior.

'Por que não me avisaram?'

'Erik não quis. Pediu para ir sozinho, disse que não queria dar trabalho e deixou um bilhete.'

"Li as palavras dele sem emoção.

'Serena, cuide bem das nossas coisas. E procure um médico, você não está bem. Vi seu pé enquanto dormia. Não devia ter entrado no lago, garota. Você deixou sua alma lá. Seja o que for que voltou no seu corpo, não é a minha Serena. Fique com tudo, eu não voltarei.'

"Acompanhavam o bilhete os papéis do divórcio, num envelope pardo. A expressão de meu pai e de minha sogra diziam tudo. Eles sabiam o que tínhamos feito. Meu pai trazia mágoa nos olhos úmidos.

'Serena...'

'Eu acho que sou sonâmbula. Entrei sem querer no lago, só os pés. Tudo isso é superstição, paizinho; uma coincidência. Eu devo ter apanhado uma doença, um fungo, uma micose. Também não é por isso que Erik ficou doente.'

"Minha sogra se mexeu na cadeira, reagindo ao nome do filho. Com a mão cobrindo a boca, saiu soluçando. Foi a última vez que a vi.

'Mostre-me o pé.'

'Não quero.'

'Serena!'

'Por favor, pai. Eu não quero. Não me faça lhe odiar.'

"Vocês sabem como são os pais: têm medo de perder esses ídolos nascidos de seus sêmens e óvulos, criados como se fossem as mais importantes criaturas viventes. O meu pai se encolheu. Disse apenas que iria dormir na minha casa naquela noite, para me fazer companhia."

Algo no tom de voz da moça me fez olhar para ela. Parecia mais agitada.

"No quarto de cima, sozinha, ouvi o chamado do lago. Eu quase podia vê-lo sob a luz clara da lua, sua superfície calma me pedindo, clamando, exigindo. Gritava o lago, gritava o meu desejo. *Não!*, tentei resistir. No quarto de baixo estava o meu pai. Eu podia ouvi-lo se movimentar antes de dormir, arrastando a cadeira para ler um livro. Uma vida tão certa, tão doce. Uma segurança que eu já não queria."

Silenciou por alguns minutos, um pouco indecisa.

Inpu se aproximou e, agachado diante dela, tocou-lhe as mãos.

"Está terminando. Coragem. Respire com calma. Já volto".

Durante alguns momentos o dono da funerária mexeu no fogão e um perfume de canela e cardamomo invadiu as nossas narinas. Ouvimos o som de algo sendo triturado num pilão, depois a tampa pousando devagar no açucareiro e a colher se movendo no líquido.

"Aqui está."

"O que é?"

"Masala chai. Vai fazer bem ao seu coração."

Com as mãos firmemente agarradas à xícara, ela reiniciou a narrativa.

"A noite se passou em assombros, o corpo a explodir em orgasmos seguidos, ondas de choque nos seios durante o dia – e a voz grave das águas a me alertar que eu fracassaria.

"Na noite seguinte, meu pai adormeceu antes mesmo do jantar. Cortesia de minha desaparecida mãe e de seu remédio pra dormir esquecido no armário do meu banheiro.

"Larguei o carro na estrada e desci as encostas. Entrei novamente no lago e ouvi o rugido de triunfo. Desta vez mais forte. Nadei para o fundo, entre as pedras azuis. Índigos se enlaçavam no leito. E havia vida, sim. Línguas tocavam a minha, bocas no meu corpo inteiro. Algas percorriam as minhas costas. Era um sexo líquido, violento, destruidor. Tudo pulsava em mim, no meu corpo, em ondas de prazer. Explodia a vida, entre espasmos, uma dor lancinante e a liberdade de dentes que mastigavam e moíam carnes. Afundava, flutuava, mergulhava novamente, respirando sob a água. Eu gritava, o lago em redemoinho turbilhonava. E, ainda assim havia silêncio e nada se movia. Muitas horas depois, eu me vi na margem. Havia um ruído de chuva a cair no telhado. Flautas doces me embalavam. Meu corpo já não era o mesmo. Nem era mais meu."

Serena agora estava visivelmente exausta, mas prosseguiu.

"Meu pai adivinhou tudo ao me ver chegar quase no fim da tarde, pois nada me disse, nem uma palavra. Apenas se deixou envelhecer diante dos meus olhos. Num instante os cabelos branquearam, a pele se enrugou e os olhos se tornaram opacos de invencível tristeza.

"Na mesma noite, abandonou a minha casa. Fiquei parada, com as mãos caídas ao longo do corpo enquanto ele seguia, cabisbaixo, a vida se esvaindo, sem se despedir, sem se virar uma só vez. 'Eu vou ficar aqui!' gritei pra ele, antes que sua sombra se arrastasse para nunca mais.

"Mentiras que se diz.

"No instante seguinte, eu já seguia na direção do lago. O corpo em brasa, as têmporas pulsando. Desta vez mergulhei direto da pontezinha de pedras, afogada em deleites e arrepios, a beber tudo com sofreguidão. Respirava sob as águas mais uma vez, machucando as mãos nas pedras, a violência me perdendo e me prendendo."

Relanceei os olhos ao redor e percebi que nossa estranha plateia ouvia tudo imobilizada, as mentes lutando para crer, a razão recusando-se a aderir.

"Quem precisa de ar? Todas as coisas aquáticas – de oceanos, de rios, de lagoas míseras – me subiram pelo corpo, tomando, mordendo, dilacerando-me e me oferecendo prazeres supremos entre lágrimas que ardiam sob uma miríade de estrelas. Peixes saíam da minha boca, polvos se enroscavam nas minhas coxas, como numa gravura de Hokusai. O sangue atraía tubarões que me devoravam, corais entravam pelas narinas, medusas me queimavam o coração. Já não era mais o lago, mas o mundo líquido a me sugar viva, até que nada de mim restasse.

"O lago bebeu todo o meu sangue. Em seu lugar, pôs água gelada, doce. Tanto tempo submersa fez minha pele se desmanchar. Ganhei uma nova, translúcida como a das águas-vivas. E meu coração é um velho tanque vazio, cheio de limo."

Serena nada mais disse. E seu silêncio nos contagiou. Com movimentos lentos, ela se pôs de pé e começou a abrir os botões do sobretudo impermeável. Gotas caíram pesadamente no chão, e por um longo tempo foram o único som que se ouviu na cabana.

As vestes deslizaram para o assoalho e vimos o seu corpo feito inteiramente de água. Sob a pele transparente, minúsculos peixes e sereias nadavam em veias azuladas. E seus olhos eram safiras.

II

Longo, longo silêncio. Para que falar quando as histórias prosseguem no espírito?

Muitas horas depois, Inpu pigarreou e fez um ligeiro comentário:

"Então, o que dizem? A mim não me parece certo condenar a mulher que se entrega a cultuar o prazer no seu corpo".

Todos menearam a cabeça, concordando.

O dono da funerária entregou à moça trêmula uma nova xícara de chá.

"Você se arrepende?"

"Sinto ter feito sofrer o meu pai e Erik."

"Mas se arrepende?"

"Não. Tudo é experiência."

"Vejo incômodo sob a sua pele que nada oculta..."

"Tenho a sensação de que perdi o controle da minha mente, isso me incomoda. Eu quis ir até o lago, é claro, mas me parece que a vontade dele era mais forte do que a minha."

"Desculpas, desculpas. Alguns desejos são muito atraentes e viciantes. Chegam de mansinho, com máscaras bonitas, mas são enganosos. Grudam-se em nós e em troca de seus prazeres nos sugam até nada restar senão o seu império."

Ela acenou com a cabeça e apertou os lábios.

"É duro ver a si mesmo arrastado, sem controle. Todas as noites juro não ceder e pela manhã os inimigos que eu julgava derrotados retornam ainda mais fortes."

"Certos desejos são como doenças persistentes."

Os olhos dela se enevoaram. Levou a xícara aos lábios, pensativa.

"Há um lado positivo: é para poucos o experimentar do gozo que faz trocar de pele e revelar o que realmente somos. Quase sempre deixa um rastro agridoce na boca," ele completou.

As safiras faiscaram e, por alguns segundos, emprestaram um brilho azul às paredes.

"O que lhe é mais caro?", perguntou Inpu, enchendo novamente a xícara que ela segurava.

"Autocontrole."

"Ah, o velho sonho estoico..."

"Nem sei por onde começar."

"Eu começo decidindo ser senhor de mim mesmo em vez de escravo."

Ela sorriu, tímida, e mil peixes, medusas e sereias dançaram-lhe no corpo translúcido.

O VIOLINO – ENTRE O REI E O POETA – SOB O LUAR –

•• "ÁGUAS

e tentações, sexo e loucura. Talvez seja a hora de eu contar a minha história." O rapaz de cabelos encaracolados estava de pé, retirando algo dos panos sujos. Um violino. Afinou-o por alguns instantes e iniciou uma canção que nenhum de nós conhecia. Começou tímida, quase banal, mas logo ganhou uma sublimidade que nos calou.

Por breves momentos, chuva e violino se combinaram em um som que nos envolvia em quietude. Ouvi o ruído de minha própria saliva sendo engolida e notei que os demais também estavam comovidos. Uns se encolhiam, com os olhos marejados; outros soluçavam discretamente; e alguns apenas se recostavam à parede e fechavam os olhos.

CAPÍTULO 6

UM DEUS EMUDECE

CINZAS NA CABEÇA – DIÁLOGO DOS INOCENTES

Mal nos acostumamos àquela execução magnífica e a melodia mudou. Explodiu em notas apaixonadas que de repente desaguaram em melancolia. Os últimos acordes nos puseram uma angústia no peito ao ecoar pela casa como lamentos por uma vida desperdiçada.

"De ceder às paixões eu entendo", disse o violinista, acomodando cuidadosamente o instrumento no chão. E uma expressão desesperada lentamente lhe tomou o rosto. Seus olhos cor de mel escureceram, a boca ficou exangue e gotas de suor lhe brotaram na testa. Logo estava com o rosto afundado nas mãos, o corpo tremendo enquanto o choro, agudo, incômodo, ecoava pela sala.

"Como cheguei a esse ponto, meu Deus? Minha cabeça coberta de cinzas, meu corpo marcado por este chicote que carrego escondido sob a pele. O que aconteceu comigo? Ah, aquela mulher. Minha liberdade escapou quando a tomei para mim."

Batia a testa ritmicamente na parede, causando-nos agonia. Tentei contê-lo, mas ele se soltava e prosseguia. Aletheia se aproximou e lhe pôs a mão sobre o peito. Aos poucos, o choro se tornou menos intenso. Ele respirava fundo entre os soluços, tremendo de vez em quando. Secava, meio desajeitado, as lágrimas que teimavam em escorrer pelo rosto. Inpu colocou a mão gentilmente sobre seu ombro, oferecendo conforto silencioso. O violinista suspirou, tentando controlar a respiração enquanto olhava para o chão, os olhos vermelhos e inchados.

Inpu deu-lhe uma xícara de chá e, retirando do terno um lenço de pano, enxugou as lágrimas que escorriam pelo rosto do rapaz.

Parece uma criança birrenta, pensei. Não consigo evitar o julgamento. É quase um vício.

Quando se acalmou, começou a contar sua história.

"Na cidade de..."

– hesitou um pouco, franziu a testa, suspirou e se manteve quieto, como se arrumasse os pensamentos – "... bem, me desculpem, já não lembro o nome da minha cidade, engraçado isso... Mas me lembro das casas de pedra se erguendo como lápides sobre aquela gente sem alma. Nasci ali. Governei, amei e exatamente ali me perdi."

Eu e os outros imediatamente passamos a observá-lo melhor. A palavra *governar* atrai curiosidade e interesse. O poder é ímã. Só então me dei conta de suas mãos finas, das roupas que, embora andrajosas e sujas, um dia foram elegantes e, sem dúvida, de boa qualidade. Ele se ergueu e andou pela sala. A cada passo caíam de seus cabelos as cinzas que começavam a ficar secas. Ele as pisoteava, distraído, com seus pés delicados como os de uma jovem mulher que jamais caminhou sobre pedras.

Por fim, sentou-se numa cadeira quase oculta pelas sombras, com os ombros curvados e as mãos juntas sobre as coxas. Sua voz era

agradável, melódica e,
apesar disso, soava exausta.

"Se vocês me perguntassem, eu diria que fui rei, mas preferia ser poeta. Um rei-poeta, diziam de mim, mas é impossível conciliar as duas coisas. Reinar sobre os homens é diferente de reinar no coração dos homens. O poeta pode matar o rei. Ou o rei manda decapitar o poeta. Juntos, no mesmo corpo, não vivem."

Ele interrompeu a fala, reticente.

"O que chamo de ser poeta" – explicou – "é transformar-se em cidadão de um lugar puro, onde moram os versos e as antigas canções. Durante tanto tempo vivi nesse mundo que desaprendi as armadilhas da realidade. Éramos apenas eu, a música e os poemas que faziam sorrir o meu deus particular. Do alto de seu templo, ele me fitava quando eu lhe oferecia as minhas canções. Então seus grandes olhos cor de fogo incendiavam o meu mundo. Eu o alimentava com as melodias e ele me punha alegria em cada célula. Meu corpo vibrava, embora eu tivesse fome, sede ou frio. Os outros não me interessavam, nem o que pensavam da minha arte. Tudo era secundário. Eu cantava para ele, apenas."

Suspirei, satisfeito. Há muito tempo eu não encontrava uma história passional e aquela noite já havia me trazido várias. A do violinista prometia ser das melhores. Enquanto ele falava, observei seu rosto, parcialmente visível à luz do lampião. Era belo. A pele rosada, os lábios bem desenhados e os caracóis dos cabelos, caindo sobre a testa, faziam sombra sobre olhos sonhadores.

"É curioso" – ele disse, após uma outra longa pausa – "como conhecemos tão pouco a nós mesmos. Eu sempre pensei em mim como um homem cheio de bons princípios, que cumpriria os seus deveres e mais tarde, com os filhos adultos, acabaria os seus dias como um poeta humilde, com

o coração transbordante de amor.
Mas os desejos, como disseram há
pouco, vão envenenando a gente e sufo-
cam ideais de juventude. Um dia, ao acor-
dar, há outra criatura nos contemplando no es-
pelho. Mal nos reconhecemos."

Foi interrompido pelo homem triste que parecia uma figura de El Greco:

"E a gente bebe esse veneno sem pensar muito. Estende a mão, pega e bebe. Ninguém nos obriga. O meu veneno foi a presunção. E o seu?"

A voz grave silenciou, mas pude ver seus olhos brilhantes na penumbra, olhos de corvo, aguardando a resposta. Por alguns segundos, ele me encarou e um arremedo de sorriso distorceu-lhe a boca. Estremeci.

O músico hesitou um pouco, mas respondeu.

"Impetuosidade, luxúria, vaidade, orgulho, egoísmo... Um pouco de tudo, eu acho", fez um gesto de descaso com os ombros. "A primeira vez que bebi dessa taça envenenada, ela me foi oferecida pelo que eu acreditava ser o meu senso de justiça. Era uma noite quente de abril."

Suspirou, e suas faces ficaram coradas.

"Olhando para você, a gente nem acredita", comentei.

Inpu atravessou a sala com uma bandeja e ofereceu a ele uma xícara. Não uma xícara comum, mas algo precioso, feito de vidro e de ouro, no qual havia um líquido avermelhado, com aroma de madeira e de armaduras.

"É meu chá especial. Beba. Oolong, flui entre o verde e o preto. É único e é plural, oxida ao seu próprio modo."

A voz melodiosa, bem próxima, me fez levantar a cabeça. Os olhos cor de âmbar me fitavam sem piscar.

"Você também, doutor." Esticou ao máximo as duas sílabas enquanto me estendia outra xícara.

O dono da funerária passou a bandeja entre os presentes e por vários minutos ouvimos apenas os sons do líquido sendo bebido. Alguns o

sopravam
antes de tomá-lo,
mas ninguém falava.

O músico retomou a história.

"Prosperidade e as vitórias dos meus generais marcaram meu reinado, iniciado quando eu tinha pouco mais de vinte anos. Sempre tive compaixão dos infelizes e minha fama de justo se espalhou. Logo me tornei pai, protetor e esperança da minha gente. Recolhiam-se sob a minha sombra como pintinhos debaixo das penas fartas da galinha-mãe. Suas bocas desdentadas repetiam palavras cujo significado não sabiam, mas de alguma forma intuíam.

"O poder é fascinante. Ele se infiltra sem pressa. Lisonjas, confortos, a vida acima dos outros, as multidões e os aplausos. É embriagador. A diferença entre um príncipe e um rei só pode ser medida por quem ocupou os dois lugares. O poder e os ímpetos da juventude me fizeram acreditar que minha missão era mover as gentes e iluminar os recantos obscuros do mundo, revolvendo-lhe as entranhas, abalando colunas que ali estavam há séculos. Eu era invencível – o próprio espírito da justiça.

"Meu povo me amava e a divindade me sorria de volta. Só muito tarde percebi que, bem antes de minha queda, uma ruga lhe marcava testa e um leve tremor lhe tomava os lindos lábios. Mas, na época, eu estava muito intoxicado pelas paixões para notar."

"É bom contar lendas sobre si mesmo. Se repetir muito, até a gente mesmo acredita", murmurou Inpu.

"Eu tinha adversários formidáveis. Só não sabia que existiam. Estavam ocultos, alimentando-me com bajulações, esperando a hora certa de se lançar sobre mim com dentes mortais. Já haviam identificado os embriões das minhas fraquezas. Eles me surpreenderam quando eu menos esperava. Então bebi a minha última taça de veneno – a definitiva. Curiosamente, era uma noite quente de abril. Demônios devem gostar de noites de abril."

"Curioso é você acreditar em demônios", eu disse.

O rapaz se levantou, bebeu um gole de chá olhando pela janela e pôs a mão suavemente sobre o batente.

"Acho que eu os estou cansando", falou de costas para nós.

Inpu se aproximou e tocou-lhe os ombros com suavidade.

"Coragem."

Todos ouvimos o ar ser inspirado e percebemos o ligeiro tremor que lhe sacudiu o corpo.

"As festas de abril no décimo ano do meu reinado foram as mais pomposas de que se teve notícia naqueles tempos. A grande avenida de mármore branco brilhava, pronta para acolher o desfile que celebraria a nossa vitória, um ano após o fim da mais longa de nossas guerras. As ruas estavam enfeitadas com guirlandas e mandei distribuir moedas, frutas, doces e flores.

"Trombetas e tambores anunciaram a minha passagem e o povo, em êxtase, me saudou com gritos de vivas e acenos. Tudo resplandecia à luz do sol. Eu também cintilava. Sob a chuva de pétalas, nunca me senti tão amado.

"Naquela noite, cantei para o meu deus, mas ele estranhamente permaneceu quieto, a me observar com seus grandes olhos de incendiar mundos. Meu violino ofereceu-lhe as mais doces melodias, mas nem assim me recompensou com a antiga fagulha. A minha mente hipnotizada pelos aplausos se recusava a compreender a advertência muda.

"Meu irmão me encontrou sozinho no templo. Tinha algo a me dizer. Intercedia pelos filhos do inimigo derrotado, que haviam sido atirados a um calabouço infecto, submetidos a privações e torturas.

'Os pais estão mortos, há meses os pequenos estão trancados em um quarto escuro, comendo restos e cercados de fezes, urina e ratos. Mal falam agora, aterrorizados pela escuridão. É desumano.'

'O conselho dos generais decidiu assim.'

'Podes mais que os generais.'

'Devo a eles a minha vitória.'

'Isso seria repulsivo, mesmo se fosses um criminoso vulgar. Muito mais o é por seres rei. E um que se diz protetor dos infelizes.'

'Protejo os infelizes entre os do meu povo.'

'Se a tua justiça e compaixão só se direcionam aos teus amigos, não são verdadeiras. A virtude não muda ao sabor dos interesses de ocasião e do coração.'

'Eu sou apenas um homem falível. Não sou Deus.'

'Nisso concordamos. A bondade e a justiça dos deuses são distribuídas sem privilégios. Chove sobre crentes e ateus, as doenças devoram um e outro, e a morte a nenhum dos dois grupos poupa. Se fizesses o nobre gesto de proteger esses inocentes, mesmo sendo filhos de um inimigo, serias reconhecido como o mais justo entre nós, pois terias a grandeza de um deus.'

'Eles são os herdeiros do trono que agora me pertence pela vitória. Um dia poderão se voltar contra mim.'

'São crianças, meu irmão. Hoje, são crianças.'

"A conversa teve o dom de apagar a felicidade que eu saboreava. Deixei o templo com um amargor na boca, as palavras de meu irmão pesando no espírito. Ele era parecido comigo, o meu irmão. Mesmos olhos, cabelos e altura, apenas mais gentil e confiante. Aquele tipo de pessoa ingênua que chama todo mundo de amigo e está sempre pronta a dividir o que tem. Essa bondade pura o fazia ser instantaneamente amado. Desapontá-lo me punha de mau humor, com a sensação de ter falhado perante o melhor dos homens. O que eu estava me tornando? A dúvida me corroía, mas eu a afastava rapidamente, repetindo que precisava me manter firme.

"Poucos dias depois, naquele mesmo abril, as crianças morreram. Meu irmão providenciou-lhes sepultura e orações. E, desde então, nunca mais deixei de perceber a mágoa em seus olhos. Para mim, era torturante: como ver condenação e censura refletidas no espelho. Irritado, passei a evitá-lo.

"Um ano depois, ele me convidou para as festas dadas em honra do nascimento de seu filho mais novo. Decidi que ali faríamos as pazes. Celebramos juntos e, ao vê-lo com a mulher e os filhos, um antigo ferrão encontrou novamente o caminho da minha carne. Fascinante é a mente cobiçosa – padece de fome eterna. Não me bastava o poder. Faltava-me uma bela mulher e herdeiros tão adoráveis como aqueles que me chamavam de tio.

"O vinho destrava a língua e o coração magoado. O meu, que cuidadosamente mantive quieto nos últimos anos, recordou-se repentinamente do amor que cultivei por minha cunhada durante toda a adolescência. Na época, nem tentei confessá-lo à amiga de infância que mais tarde se tornaria uma das mais belas mulheres da minha corte. Meu pai percebeu e me advertiu que o meu casamento seria uma aliança política. Sofrido, obedeci. Ela foi descartada sem sequer saber que um dia foi candidata a rainha. Meu orgulho mais se ressentia porque sabia que eu seria rejeitado. Desde sempre ela mostrou preferência por meu irmão.

"Durante toda a noite a observei. A maternidade lhe havia destacado a beleza prodigiosa. Após a festa, todos nos recolhemos ao quarto. A noite estava quente e eu um tanto perturbado. Sem sono, deixei o leito. A lua cheia ofuscava as estrelas e iluminava o pátio de pedra imerso em silêncio. Caminhei sem fazer barulho, ouvindo o pio dos pássaros noturnos. De repente, fui atraído por um movimento sutil. Pelo espaço entre as colunas avistei uma figura feminina próxima à fonte da área privativa. Retirava as roupas e preparava-se para o banho.

"Estreitei os olhos e meu coração disparou. Era ela. Estaquei e, das sombras, a vi despejar água sobre os cabelos longos e crespos. A pele negra brilhava sob a Lua, os seios redondos de quem amamentava há dois meses, a curva da cintura, as coxas e os belos braços... No fundo mais longínquo da minha mente, algo tentava me alertar para o perigo de ficar ali, mas a visão daquela nudez por tanto tempo desejada já me tomava o corpo e a mente. Instalou-se, desenfreada, tumultuosa.

"Não desviei o olhar ou o rumo dos pensamentos. Algo nunca sentido antes me tornava prisioneiro. Fiquei até o fim, devorando cada detalhe daquele corpo, memorizando o caminho da água em texturas, reentrâncias e elevações. Sem arrependimento, hipnotizado, com a respiração acelerada, como se tivesse febre.

"Voltei ao quarto e não dormi, revirando-me no leito sem sossego. Em plena madrugada extravasei no corpo da mulher que dormia ao meu lado o desejo voraz. Inútil, sonhei com outro corpo luzidio – um corpo diante do qual eu deveria recuar de horror só de pensar em tocá-lo.

"Nos dias que se seguiram, a mera presença dela me atordoava. As mulheres se sucediam na minha cama, mas o desejo crescia sem controle. Após algumas semanas, tornou-se obsessão. Eu mal podia me conter diante dela. E uma ideia diabólica me sussurrava possibilidades. Eu a afastava, agoniado, mas o pensamento voltava, rodeava-me, exibindo as delícias vedadas à minha boca.

"Meses depois, gemi alto quando a vi chegar. Sozinha. Ignorante dos meus sentimentos, trouxe-me, sorrindo, meus doces favoritos, que ela fazia desde a nossa juventude. Ao vê-la entrar, a ideia diabólica me dominou.

Não fiz esforço para combatê-la. Ao contrário,
pedi para nos deixarem sozinhos e a abracei dando as boas-vindas. Agradeci pelos doces e, ainda com a mão pousada nos seus quadris largos, sussurrei-lhe no ouvido:

'Peça ao meu irmão para vir me ver esta noite.'

"Acenou com a cabeça e fez menção de se afastar. Minha mão pressionou-lhe os quadris e ela, com uma expressão de surpresa e confusão, deixou rapidamente a sala. À noite, meu irmão chegou. Abraçou-me com força e sentou-se diante de mim com o velho ar de adoração que eu via desde que ele tinha quatro anos e éramos apenas dois moleques a correr pelos jardins. Tremendo entre o desejo e o remorso antecipado, pedi a ele algo particularmente perigoso. Franziu a testa, sem entender. Compreendia a gravidade do pedido. Coçou a cabeça enquanto eu o tranquilizava. Não havia risco. Eu nunca o exporia a perigos desnecessários. No fim, eu o abracei e ele concordou, confiante."

"Oh, Deus...", a voz da mulher morena interrompeu a narrativa e o ruivo com a cicatriz curvou a cabeça.

"Não sei se quero ouvir o que aconteceu" disse ele, fechando os olhos.

Aletheia, que então massageava os tornozelos da morta, levantou a cabeça e chamou o músico. Os dois cochicharam baixinho por alguns minutos e ele voltou. Parecia carregar o peso dos anos subitamente desabado sobre si.

Inpu, irrepreensivelmente sentado, com as costas muito retas, acendeu novamente o cachimbo e com a mão esquerda apoiada no queixo cravou os olhos no rapaz do violino. O cheiro adocicado do fumo se espalhou mais uma vez pela sala.

"Vocês adivinharam o que aconteceu. Sim, ele morreu durante a missão que lhe confiei.

Vieram me avisar na manhã seguinte. Chorei, claro. De dor, de saudade antecipada, de raiva, de arrependimento. Solucei tanto no enterro que ninguém duvidou de mim. Ao contrário, minha dor despertou a compaixão geral. Uma fatalidade, disseram.

"Durante o funeral, ela não levantou a cabeça vez alguma. Apenas agarrava as mãos dos filhos, pálida, gelada, com um olhar vazio e repetindo sem parar: 'Meu Deus, não me abandone. Por favor não me abandone'. Mentalmente, gritei também pelo meu velho deus, suplicando que me perdoasse pela monstruosidade que havia cometido. E nas noites eu me repetia as histórias que inventei para me aplacar a consciência: que só queria que ele ficasse um pouco ferido para sair do meu caminho... Mas a morte? Como eu poderia desejar a morte do meu irmão? Não, não. Era somente pra ele ficar fora de combate um pouquinho e eu poder me hospedar na casa dele. Então eu me infiltraria no leito dela. Seria uma única vez e tudo passaria. Eu só precisava dar vazão àquela necessidade que me dominava. Necessidade, exigências do corpo, loucura passageira – assim eu chamava aquele frenesi."

"Um crime igualmente...", disse o homem do capacete de escafandro.

"Sim", o músico concordou com voz rouca. E emendou:

"Meu arrependimento durou pouco. Passados alguns meses, eu a visitei e senti ressurgir a força indomável daquele querer que me cegava. O que me restava de autocontrole usei para aguardar mais um pouco. Enquanto isso, cerquei-a de atenções, cuidando dos meus sobrinhos, levando-lhes brinquedos e conquistando a confiança dos dois orfãozinhos maiores, pois o terceiro ainda estava sendo amamentado. Ela continuava a não levantar os olhos para mim, cada vez mais magra, mais chorosa, a carne se despregando do corpo. A obsessão que me tomava não cedia. Finalmente, um dia, disse a ela que deveria se casar comigo; eu cuidaria dos sobrinhos como se fossem

meus filhos... Eu me
sentia responsável pela tragédia... Ela
deveria pensar nos pequenos.

"Ela se ergueu rapidamente e saiu da sala, soluçando.

"Semanas depois voltei à carga e com voz doce lhe disse que aos poucos passara a sentir grande amor por ela e pelos filhos. Dessa vez, não deixou a sala, mas nada disse. Na quinta vez em que toquei no assunto, com voz enfraquecida ela concordou.

"Uma semana após se completar um ano da morte de meu irmão, eu me casei com ela. Embora sem cerimônia ou festa, para nos preservar, a maledicência se alastrou pela cidade. Eu sentia o zumbido da suspeita correr de ouvido em ouvido. Mas nada me importava, exceto ela. Finalmente eu a tive. Minha boca gulosa a devorou inteira com volúpia, indiferente ao leite que lhe vazava dos seios. Fartei-me repetidas vezes. Ela permanecia apática, noite após noite.

"Tanto sexo logo resultou num filho. E, por alguma razão, aquele ventre que crescia, os peitos inchados e a pele edemaciada trouxeram de volta à minha mente a enormidade do meu crime. Meu desejo diminuiu. Agora eu percebia, sem disfarces, a mulher ulcerada que ela era, sombra lamentosa a percorrer as vias dolorosas da nossa vida juntos.

"Atormentado pela imagem trágica da mulher amada e pela culpa que agora não me abandonava, busquei o meu velho deus no templo de pedra. Há tanto tempo não lhe recitava canções... Abatido, entrei no lugar sagrado. Ali habitava o silêncio. Retirei o violino e ensaiei uma canção. Mal toquei as primeiras notas e as cordas se rebentaram, uma a uma. Tentei cantar, mas a voz saiu rouca, irreconhecível. O deus dormia em seu trono de
ouro, cercado de abandono. Não me fez bem ir até lá.

"Aquele ato infame transformou meu coração num
objeto de cera que se derretia todas as noites, quan-
do eu sonhava com meu irmão.

Era sempre o mesmo sonho: estávamos pescando no rio que atravessa a cidade, ainda crianças. Eu carregava um balde cheio de peixes. Ele tinha apenas um, que nadava no baldinho, a quem ele jogava farelos de pão. Ria o meu irmão, tocando com o dedo indicador as costas do animal. Repentinamente, eu arrancava o peixe de suas mãos. O bichinho se debatia um pouco e logo morria. Eu o mordia, cru mesmo, mastigando-lhe as espinhas, ao mesmo tempo em que sorvia o sumo de seus olhos esbranquiçados. Meu irmão a tudo assistia, com o rosto molhado de tristeza. 'Era o meu único peixinho. Você tem tantos...', chorava. Então eu acordava, ainda a ouvir-lhe a voz, vendo-lhe os olhos nos quais uma acusação tremulava nas pálpebras sem jamais escorrer até a boca.

"O sonho me fazia permanecer acordado, com meu coração de cera a escorrer pelo peito, deformado. Isso durou meses, até que, desesperado, corri para o violino e mais uma vez busquei o meu deus. Precisava de seus olhos de fogo e de sua alegria; ansiava por seu perdão para o meu crime inconfessado.

"Entrei no templo; estava silencioso e abandonado. Teias de aranha cobriam-lhe as paredes. Tentei tocar o violino, mas as cordas ora se afrouxavam ora se arrebentavam. E minha voz parecia o ganir de um cão abandonado. Minha arte havia me deixado, a música secara em mim. Nenhuma palavra mais me surgia. O meu deus mantinha os olhos fechados e não sorria. Finalmente falei em voz alta o meu tormento. Gritei, alucinado, pedindo misericórdia. Em vão. Prometi então que cada dia da minha vida seria dedicado a reparar o meu erro.

'Farei dela uma santa. Eu a honrarei. Eu te prometo.'

"Naquele instante, meu pequeno deus entreabriu as pálpebras por alguns segundos. Não chegou a me fitar. Suspirou sentido, uma solitária lágrima lhe escorreu pelo canto do olho e ele voltou a seu sono.

Tive esperança de ser perdoado algum dia. Achei que era um sinal de que eu me reergueria. A gente vê o que quer, mesmo quando é obviamente o contrário do que a realidade aponta. Renovei, aos gritos, cada uma das minhas promessas, mas nenhum som quebrou o silêncio.

"Ao entrar no palácio, encontrei-o tomado por alvoroço e faces pálidas. Os empregados corriam, buscando lanternas, organizando grupos. Ela havia desaparecido. Havia sido vista caminhando em direção ao rio, com as crianças, e não voltara. No nosso quarto, sobre a cama, cuidadosamente dobrado, estava o vestido que ela usara no domingo. E o silêncio.

"Compreendi, instantaneamente, o que viria a seguir. Já podia ver, do lado de fora, a verdade correndo de boca em boca, nutrindo a vingança da multidão. Logo, segredos e confidências viriam à tona, e as lisonjas desapareceriam, assim como os amigos. Favores seriam esquecidos e rugidos escapariam das gargantas, as mesmas que me louvaram meses antes. Eu poderia usar meu imenso poder para me salvar, mas não quis.

"Quando nenhum dos serviçais se lembrou de aquecer meu banho ou de servir o jantar, encostei a porta com cuidado e me sentei na cama, olhando os últimos raios do sol. Há momentos em que as palavras são inúteis. Nenhum poeta, mesmo os coroados, consegue descrever certas dores que invadem a alma.

"Cada um de vocês pode intuir qual foi a minha reação. Bem escondida, na parte mais nobre do peito, pulsa algo que une os humanos: a lancinante dor da perda – ela nos mói por dentro. Todos a conhecem ou temem, mas é impossível colocá-la em palavras. Ela está aqui, a dor, pulsando no meu acordar e no meu adormecer. Vive na ausência eloquente dos meus mortos e na saudade do meu deus de olhos de fogo.

"Pobre de mim, que estraguei meu mundo inteiro. Pobre diabo sou.

De que me valem
agora os versos ricos? E essas
roupas que me pesam sobre os ombros? A coroa
da morte verga a minha cabeça. Eu sou o que sou, odioso, soberano dos remorsos, matador de poetas e de irmãos. Por isso aqui me encontro, com a cabeça coberta de cinzas, as vestes despedaçadas, o coração transformado em chumbo. Comigo, só uma imagem do meu pequeno deus. Mas ele está mudo."

Inpu ofereceu a ele mais uma xícara de chá. Levou-a aos lábios automaticamente, o cansaço a vazar pelos olhos enquanto bebia.

"Está morno e um pouco amargo", disse por fim.

"Passou do ponto."

Todos ouvíamos em silêncio. Na grande solenidade daquela hora, pensei ter ouvido soluços, mas era apenas a água que descia do céu.

Tentei ser gentil e disse algo que imaginei confortador:

"Quando a gente está embebido em si mesmo, não nota as coisas boas que nos acontecem, mas veja: você acabou de tocar uma linda música."

Observei fascinado os olhos dele se marejando, as pálpebras se tornando margens de um lago a transbordar.

"É a única que hoje consigo tocar. As demais se ressecaram na minha memória, menos esta, que me relembra o que tive e perdi. Se você ouvir direito, notará que é a minha vida nos becos vazios da cidade amaldiçoada. Está cheia de mim, de todos os meus erros."

"Esse seu crime eu bem conheço, você ouviu a minha história", disse, devagar, o ruivo Deilos.

"Não só eu. Deve ser o crime mais antigo da humanidade, da época em que parecíamos mais animais selvagens do que gente. Cobiça e inveja derretem até as asas dos anjos. Eu, você, Caim e Claudius somos iguais. Todos matamos o nosso próprio irmão..."

"Oh, meu crime é fétido;
seu mau cheiro chega aos céus..." [1],
murmurou Inpu.

Lágrimas começaram a correr
nos olhos dos dois homens.

"O assassinato de um irmão... Rezar não posso...", completou o jovem artista.

"E esta mão maldita, ainda mais espessa com o sangue de um irmão, haverá chuva suficiente para lavá-la?", ecoou o homem da cicatriz.

"Não há", disse o violinista.

"Não há", repetiu o homem triste.

O violinista tinha voz doce; o homem ruivo, voz grave, mas ambas se harmonizaram de uma forma inesperada. Aparentemente conversavam, mas ambos estavam firmemente trancados em seu próprio mundo.

"Sinceramente, hoje já não lembro quando comecei a ter inveja da minha irmã. Eu era apenas uma criança quando comecei a perceber essa parte secreta da minha alma. Eu a guardava em um compartimento lacrado. Nunca estava à mostra, a luz não a visitava, sua voz não chegava a ouvidos alheios. Sussurrava nas noites essa silhueta sinistra, espalhando água suja em minhas veias. Eu a alimentei e ela se agarrou a mim como sanguessuga insaciável, a corroer cada célula, soprando ânimo nos meus pensamentos mais torpes", suspirou Deilos,

"Naqueles dias longínquos, éramos pequenos e inocentes, meu irmão e eu. Dois ramos da mesma árvore, moldados pela mesma linhagem, destinados a compartilhar os mesmos caminhos. No entanto, desde o início, sua presença radiante eclipsava minhas esperanças – hoje eu vejo...", acrescentou o violinista.

"Ela era a preferida, dona de todas as bênçãos, enquanto eu permanecia na sombra, observando com olhos de

1 William Shakespeare, Hamlet. Ato III, Cena III.

cobiça suas vitórias. Cada palavra de louvor dirigida a ela era um punhal retorcido na minha carne; cada olhar de aprovação, uma ferida no meu peito...", o ruivo ecoava.

"A inveja é voraz", disse um.

"Eu me sentia sufocado pelo peso da insignificância...", completou o outro.

"...um mero espectador da minha miséria", replicou o primeiro.

"Acho que algo dentro de mim se quebrou, algo se desfez no meu íntimo e liberou aquelas emoções..."

"Foi um momento de loucura, em que a razão se dissolveu..."

"Frenesi..."

"Só me restaram as cinzas".

Com um gesto, Inpu cessou o diálogo obsessivo e os advertiu:

"Longe de mim interromper à toa esse responsório de memórias culposas. Só o faço para lembrar que o inferno e as prisões terrenas estão abarrotados de inocentes induzidos ao mal por alguma entidade ou força exterior: amigo, satanás, mau espírito, mau momento ou emoção desenfreada... Culpam-se todos, menos os próprios desejos e a falta de autocontrole. Culpam seus próprios deuses, às vezes, mas no fundo, bem no fundo de suas almas tristes, a consciência lhes aponta a razão. E ela não os perdoará enquanto não enxergarem a si mesmos. Até lá, viverão no inferno."

Ninguém mais ousou dizer coisa alguma.

"Mais chá? Temos Earl Grey...", perguntou o dono da funerária. "Parece nobre, mas pode ser tudo lenda. Quem sabe de onde veio?"

Um cheiro de bergamota lentamente se espalhou pela sala.

Aceitamos e bebericamos o chá em silêncio, visivelmente esgotados. Após alguns minutos, Inpu tomou o violino e, apenas fazendo um

pizzicato, iniciou uma canção
que eu já ouvira de um velho bardo.

"Sentemos no chão e contemos tristes histórias sobre a morte dos reis.
Como alguns foram depostos e outros mortos na guerra;
Alguns assombrados pelos fantasmas daqueles a quem depuseram;
Outros envenenados por suas esposas;
E ainda outros mortos dormindo.
Todos assassinados: pois dentro da coroa oca
que circunda as têmporas mortais de um rei
a Morte mantém sua corte e ali se assenta,
escarnecendo de seu estado e zombando de sua pompa,
permitindo-lhe um sopro, uma pequena cena,
para reinar, ser temido e matar com olhares,
infundindo nele vaidade e presunção vãs,
como se esta carne que cerca nossa vida
fosse bronze impenetrável,
E, assim convencido, chega a hora fatal,
e com um pequeno alfinete ela perfura a muralha do castelo.
Adeus rei!' [2]

"Adeus, rei", murmurou o violinista.

2 *Ricardo II,* William Shakespeare, Ato III, Cena II.

CAPÍTULO 7

CONCHAS

MUROS QUE CIRCUNDAM LOBOS –

SAMBAQUIS E CAPUCHINHOS –

A CALIFÓRNIA DOS TORTURADOS –

VINGANÇA –

JOIAS COBREM AS UNHAS DOS MORTOS

•• "APÓS os reis, os plebeus. Talvez seja um bom momento para eu contar a minha história." A voz do homem de capacete de escafandro soou, estranhamente suave, pela sala. Um sotaque quase imperceptível.

Sacudimos a cabeça, concordando.

Sua voz parecia ecoar de muito longe.

"Estou vagando há tanto tempo, sempre faminto. Só houve um momento em que não tive fome: quando eu percorria as dunas cobertas de flores a caminho do mar. Tudo estava mergulhado na vida e na morte do meu povo. Vivíamos junto dos bichos, dos pássaros que chegavam em bandos e pousavam nas ilhotas de areia clara na margem do rio, pouco antes das águas doces se fundirem com o sal do mar.

"Peixes, abalones, pássaros e frutos eram alimento e companhia. Quando morríamos, meu povo fazia um sambaqui, um monturo com os restos dos nossos corpos, plantas, mexilhões mariscos e ossos de outros animais. Então voltávamos à terra, unidos a tudo que consumimos vida afora. Anônimos, não éramos melhores que nenhum outro pedaço ou ente do mundo.

"Quando os capuchinhos chegaram na minha terra, plantaram missões em toda parte. Meus pais rapidamente se renderam a eles. Eu não.

"Vi a Missão ser erguida, com adobe, madeira, pedra, tijolo e telha. Meu pai, meus tios, meu avô faziam os tijolos misturando terra, água, palha e esterco – parecia também um sambaqui, mas feito para os vivos morarem lá. Às vezes colocavam pedaços de conchas para melhorar a mistura. O chão era cavado e encharcado com água do rio. E meu povo se extenuava para erguer os estranhos sambaquis dos espanhóis.

"Os frades nos contavam de um novo deus, que voltara dos mortos. Na capela, eu o via de pés descalços, feridos, com o sangue a escorrer da testa machucada e uma coroa do mais puro ouro na cabeça – um grande mistério para mim.

"Quando a Missão ficou pronta, meu pai me levou pra morar na casa do deus que voltara dos mortos. A escuridão das celas e dos corredores me encurtava a respiração. Eu sentia medo das paredes estreitas e do frio que me perseguia, espreitando pelos olhos dos santos tristes vestidos de roupas bordadas em ouro.

"Tudo parecia sofrer em demasia: eu, os santos, o meu povo, os frades. Às vezes eu caía no chão, convulsionado pela penumbra.

Quando saía para o pátio, a luz me cegava, mas me devolvia à vida. As tardes ardiam lá fora, mas mesmo assim eu pedia para trabalhar sob o sol, para ficar a salvo do breu.

"À noite, ia ao pequeno cemitério da missão. Era um outro tipo de escuridão, não a da triste opressão, mas a da liberdade sob o céu pontilhado de estrelas, como o manto da Virgem que velava o campo dos mortos. De mãos postas, a estátua da Santa exalava paz e parecia ver algo além das nuvens no céu. Linda como Lucia, a filha de Dom Fernando; o mesmo nariz pequeno, as mãos muito finas, os cabelos que chegavam até os tornozelos..."

Naquele instante a narrativa foi interrompida por um gemido alto que se arrastou pela sala e feriu nossos ouvidos.

"Ay Dios mío, ay Dios mio. ¿Por qué me castigas, Señor mío, que hice todo para servirte?" O grito pareceu rasgar a garganta do velho sentado à esquerda – o que lembrava Dom Quixote. Com o rosto entre as mãos, ele chorava e os soluços lhe sacudiam o corpo magro.

O homem de capacete ergueu a cabeça e durante vários minutos permaneceu calado a olhar o velho que soluçava. Então sua respiração se tornou descompassada e ele de súbito deu um salto, agarrando o infeliz pelos ombros.

"Afinal, eu lhe encontrei!"

Aletheia imediatamente abandonou os cuidados com a morta e, pousando uma das mãos no lado direito da armadura, próximo à clavícula, aproximou o rosto do capacete e murmurou suavemente:

"Calma..."

Inpu interveio:

"Continue, meu filho..."

Ouvimos o ruído do ar sendo inspirado por dentro da cobertura metálica e, após uma pausa, a voz, agora mais controlada, retomou a narrativa.

"No cemitério da Missão, de um lado estavam enterrados os devotos de Espanha e, do outro, os do meu povo. Nem na morte eles se misturavam conosco. Os espanhóis tinham grandes pedras com seu nome gravado. Os do meu povo voltavam à terra nua e ninguém se preocupava em gravar nomes nas toscas cruzes de madeira, mas suas tumbas anônimas eram cercadas por conchas de abalone e por umas flores douradas que, estranhamente, só brotavam no lado indígena.

"Verdes, azuis e prateadas, as grandes conchas tinham um profundo significado para o meu povo. Ser sepultado com elas era uma honra. Traziam consigo a serenidade das águas. Cercados por elas, nossos mortos adormeciam sem saudade das paixões do viver.

"Verdade que os abalones não eram como um sambaqui, onde nossos ossos e os dos bichos se misturavam com toda a vida que um dia existiu. O sambaqui sagrado permitia à nossa gente a lembrança de que a dissolução do corpo alimenta outros seres e enriquece o solo. Por que os homens mortos deveriam ser diferentes dos outros animais? No fim, seguíamos todos juntos – Ohlones, esqueletos de peixes, abalones, cascas de ovo e berbigões. Bem melhor que ter uma placa fria com um nome e as datas em que se nasceu e morreu.

"Entre os meus mortos, eu tinha paz, embora não mais usasse meu verdadeiro nome: Coyote. Os franciscanos me batizaram Caio, em homenagem a um antigo papa e mártir. Caio me tornei. Meus pais fingiam não saber pronunciar direito o meu nome cristão, a fim de nos divertirmos às custas dos padres. Chamavam-me

Coyo, numa referência brincalhona ao espírito zombeteiro e traquinas do deus Coyote, que me emprestara o nome original.

"Os frades – certos de que salvariam as nossas almas – nunca entenderam o sambaqui. Os espanhóis achavam que jogávamos os corpos num monturo de lixo. E se horrorizavam com isso. Nunca nos perguntaram a razão e o significado desse ato; apenas sacudiam as cabeças, certos de nossa ignorância.

"Lucia foi a única a compreender tudo. Lembro do dia em que chegou à Missão acompanhada pelo pai. Mal fechou a sombrinha branca, surgiu um rosto oval, com fartos cabelos negros trançados em torno da cabeça. Sentou-se sob a árvore de cortiça e pôs olhos transbordantes de dor na paisagem, digerindo tudo. Seu olhar passeou pela fonte e se deteve no pátio, onde as mulheres de vestidos rotos ralavam milho e os homens punham cestos no chão, a fim de enxugar o suor da testa usando as mangas das camisas encardidas.

"Nos dias seguintes, ela passou as manhãs orando com o padre confessor e estudando na pequena sala em que se empilhavam muitos volumes de livros. Meses depois, soubemos que após a *siesta* ela estaria autorizada a nos ensinar os mistérios da nova fé. Em pouco tempo falava a nossa língua e juntos cantávamos canções da terra, acariciando saudades e louvando os antepassados, sem que os padres suspeitassem, pois ela lhes dizia que cantávamos sobre o deus que voltara dos mortos. E se ficávamos doentes, era a sua voz que nos velava o sono, e sua mão que nos dava os remédios.

"Foi na celebração das agonias da Sexta-Feira da Paixão que fiquei doente. Toda aquela dor religiosa desabava sobre mim. Havia sangue demais, sofrimento em excesso, lamentos e cânticos que me chegavam com um cheiro azedo. Fugi. Corri até alcançar o mar.

A visão das águas azuis e das ondas estrondando na areia me fizeram adormecer, cercado pelo perfume adocicado das ervas que nascem perto do oceano na Califórnia, fazendo de travesseiro as pequenas flores coloridas que brotam sem medo, sem limites, indiferentes ao perigo representado pelos ferozes ventos do Pacífico a açoitar as encostas íngremes.

"Sempre gostei dessas flores. Brancas, azuis, amarelas, vermelhas e alaranjadas, elas se derramam pelo caminho, tingindo a rota de infinita graça. Parecem frágeis, mas não se movem um milímetro perante a fúria dos elementos poderosos. Naquela tarde de primavera, elas se estendiam como uma pintura em aquarela até onde a vista alcançava, ao longo da baía de Monterey.

"Flores. Flores que me faziam poeta. Delicadas, miúdas, colorindo o chaparral e se derramando pelas colinas e pelos penhascos da Califórnia, meu berço e meu amor. Diante do tapete colorido que tecem, é fácil imaginá-las frágeis, mas basta examiná-las bem para notar seus grossos caules, suas raízes fortes. Sentado na areia fria, acariciei-lhes as pétalas com a ponta dos dedos. Aveludadas, macias. A criança que vivia em mim queria levá-las consigo, reter por algumas horas sua esplêndida beleza, mas as deixei lá para viverem; não me sentia capaz de arrastá-las para a escuridão de uma capela, onde murchariam até a morte.

"Não sei quanto tempo passei ali, deitado, com a cabeça no chão e os olhos preenchidos pela cor de prímulas e malvas. Sentia sede, estava desidratado, mas o rio estava longe e eu estava cansado.

"Voltei a minha atenção para as flores. Para notá-las, é preciso estar atento ao que está próximo. Difícil, já que o mar é um visgo para o olho da gente. As ondas hipnóticas rugem e se atiram sobre as pedras. Dividir a atenção, neste caso, é gesto sábio, pensei enquanto agonizava, com a boca seca e a febre chegando.

"Quando se desvia os olhos da imensidão e se capta a beleza pequenina que brota a poucos passos de nós, é possível descobrir um novo amor – novo e avassalador – cujo nome é natureza. Percebi que começava a delirar um pouco, e achei que as flores me enredavam numa teia de sonhos. Algo se adoçou dentro de mim. Inspirei profundamente a brisa que soprava do Pacífico e deixei surgir no peito um sentimento de pertencer a algo muito maior, como se os pés tivessem também raízes e todo o universo que compôs meu corpo de repente apresentasse seu certificado de paternidade.

"Veias, músculos, ossos e sangue pulsavam no compasso do coração da terra. Juntos desde o início dos tempos. Venha cá, junte-se a nós – apelavam todas as coisas. Eu me entreguei. E meu último pensamento foi que os templos construídos pelos humanos eram um capricho desnecessário. Já existia um altar majestoso, o das pedras escuras do mar. A voz dos anjos era o grasnado dos pássaros selvagens e o perfume embriagador dos arbustos tornou-se o meu incenso. Havia a voz poderosa de um deus – e ele era o oceano. Eu havia construído a minha própria igreja.

"Acordei com febre alta, em um quarto sombrio, de grossas paredes. Apavorado, supliquei à minha mãe que me tirasse de lá, mas os frades não permitiram.

"Lucia chegou trazendo uma vela e um jarro de lírios. Sentou-se ao meu lado, cantando baixinho numa língua estranha enquanto punha um pano embebido em água fresca sobre a minha testa em fogo. Delírios – santos uns, profanos outros – me atiravam de salas tenebrosas a tapeçarias de artemísias e papoulas. Flores de sabugueiro e de amora selvagem me entravam pela boca. No meio daquela agonia descobri que amava aquela amiga, protetora dos coitados do mundo. Eu era um deles. Queria viver por ela, para ela.

"Vivi. Às vezes, sobreviver é maldição. Foi o meu caso. Meu amor por Lucia brotou nos meses seguintes, como uma flor do deserto. Ela também me amava. Tínhamos encontros secretos e combinamos fugir logo após o Natal. Mas fui traído. A dor que sinto me impede de dizer quem o fez.

"O certo é que confiei e, em breve, uma espessa noite me cobriu. Morri quieto, de olhos abertos, mudo nos lábios e chorando alto em meus pensamentos, implorando para ser liberto das trevas.

"No mesmo dia me enterraram no cemitério, do lado indígena. Faltavam quinze dias para o Natal. Lúcia colocou a concha de abalone junto da pequena cruz de madeira. E seu rosário ficou lá, pendurado, movendo-se ao sabor do vento, acumulando a poeira das colinas cor de palha.

"Eu não queria morrer, já disse. Havia Lúcia e madrepérolas, conchas para fazer colares para ela, flores de ouro para o seu vestido, uma casa sem paredes a me esperar e meu templo feito de flores e pássaros. Então fiquei acordado no túmulo, assistindo ao meu corpo se liquefazer. E nas noites gritava, impotente, revoltado e só.

"Os ancestrais vieram em meu socorro. No fundo da terra, as raízes das flores douradas me encheram a boca e eu as mastiguei até que toda a minha carne e sangue – que haviam banqueteado os bichos – foram substituídas por seiva e capim. Cavei por dentro e saí, afinal. A lua cheia e o perfume da noite me receberam. Abri o portão em silêncio e deslizei na direção ao mar. Eu amava o novo corpo que moldara. Fazia-lhe roupas e punha as flores amarelas no capacete que fiz para cobrir meu rosto reconstruído. Tudo o que havia na Terra era meu.

"Quando vieram as chuvas, chegou a minha hora de vingança. Conjurei o rio e os bichos do mar. Moluscos, polvos, raias e peixes vieram. As águas ficaram escuras e sobre elas flutuavam flores douradas. Estenderam-se vorazes na direção da Missão e a tomaram. Dissolveram o adobe, afogaram os homens, arrastaram os móveis, os livros, os santos.

"Ao surgir o dia, nada mais restava. Apenas um monturo em forma de cone, onde pedras, lama, moluscos, peixes, ervas e restos humanos repousavam em paz diante do mar.

"Os séculos se passaram e eu continuo a andar, faminto. No lugar da Missão, construíram um parque de diversões. Dançaram em cima dos túmulos por quase trinta anos. Os pesquisadores de uma universidade famosa vieram. Recolheram pedaços de ossos humanos e de bichos, conchas e restos de plantas. Escreveram artigos, puseram etiquetas e depois os fecharam em gavetas, ocultos aos olhos do mundo. Quando nada mais restava a examinar, construíram um *shopping center*. Fragmentos de uma das minhas unhas estão debaixo do letreiro de uma famosa marca francesa."

II

Mal Coyote terminou de falar, o velho espanhol se levantou. As pernas pareciam mais bambas, o corpo mais vergado e os fartos bigodes mais caídos.

"Não acho que essa pobre criatura mereça punição. Se cometeu algum crime na morte, pagou antecipadamente enquanto vivia. Eu sou muito pior..."

Murmúrios de aprovação se ouviram, muito breves. Ainda estávamos sob o impacto das histórias anteriores, exaustos da carga de sofrimento que pouco a pouco nos contagiava.

Inpu, recostado à janela, disse que Coyote o havia lembrado de algo especial, que ele ouvira há muito tempo.

"Não levo desta cidade execrável nada mais que a nudez do corpo. Que ela fique nua também, debaixo de mil maldições. Timon vai pra floresta, onde a fera mais desumana é mais humana que toda a humanidade. Que os deuses... – todos os deuses, estão me ouvindo! – ...que os deuses amaldiçoem os atenienses, dentro e fora destas muralhas. Que a vida de Timon faça o seu ódio ser eterno. Contra todos os homens do mundo, no olimpo e no inferno. Amém." [3]

"Shakespeare...", comentei.

"Um grande contador de histórias."

"O melhor dentre nós."

O velho reagiu como se tivesse levado um golpe. Os dedos se crisparam e o rosto se contorceu num esgar de incredulidade.

"Não, não me venham falar de literatura quando estou prestes a me despedaçar diante de vocês. Se esse infeliz não merece punição, eu, senhores, eu sou culpado!" – batia no peito com fervor enquanto falava – "Eu, meus caros, sou um criminoso da mesma laia desses que confessaram ter derramado o sangue dos irmãos! Não, não... o meu crime é maior, porque atingiu a que

3 William Shakespeare, Timon de Atenas. Ato IV, cena 1.

mais amei. E mais: eu sou um destruidor persistente. Atrás de mim há trilhas de sangue e fantasmas que nunca me deixam. Comparados a mim, você, Serena, e você, Caio, são uns santos, uns coitados. Eu, não: sou um criminoso frio e talvez agora, finalmente, a mão da justiça me alcance e me arraste para o abismo que mereço."

Inpu o interrompeu.

"Quem lhe disse que falamos de literatura, Dom Fernando? Estamos falando da vida e da morte, do que nos move e nos esmaga. As histórias apenas nos mostram os padrões eternos se repetindo, como os outros animais o fazem, guiados por instintos básicos cegos, emoções desenfreadas, desejos insaciáveis. As histórias são o nosso registro, o retrato do que vivem outros humanos, uma tentativa desesperada de entender o caos que nos habita. Elas são a nossa âncora e, paradoxalmente, o nosso espelho quebrado."

Desconcertado, o velho se sentou. E seu semblante alquebrado o fez ainda mais parecido com o Dom Quixote de Doré.

Inpu ofereceu-lhe chá.

"É chá verde. Vai dar coragem."

Pegou a xícara com as mãos trêmulas.

"Obrigado. E me desculpe. Sou um tolo".

FLOR DE YUCATÁN – RAINHA NA SELVA – UMA FILHA NASCE NO CENOTE DOS DEUSES
A ARTE E O DESASTRE DE TRANSPLANTAR FLORES – SONHOS DESFEITOS –
UNS NASCEM E OUTROS MORREM NO NATAL

•• O VELHO

não se levantou. De onde estava, começou a contar a sua história. Uma voz grossa como casca de árvore, exalando saudade.

"Desterro é uma palavra que odeio. É como uma planta exótica que você deseja mostrar à sua gente. Arrancada e transplantada para outro solo, espera que ela brote. Mas sua paixão não lhe permite ver que não se plantam dálias na neve.

"Eu levei a minha planta para a missão dos capuchinhos na Califórnia. Estava doente, ressecada. Entre as paredes tristes das celas e a água escassa, acreditei que a salvaria... Mas estou me adiantando... A história começa bem antes.

"Foi num dia de março que vi pela primeira vez as águas de Yucatán. Era como navegar na safira líquida da minha Mallorca. Inspirei o ar limpo

CAPÍTULO 8

SAN JUNIPERO

do mar e fiquei durante muito tempo no convés, encarando o sonho sob a forma de areia branca e palmeiras ao longe. Não mais desci para a umidade do porão, onde tudo era suor, urina, horror. Semanas convivendo com a morte. Nós éramos brutos. E sujos. Tifo, disenteria e tuberculose dizimaram muitos. Aos sobreviventes caberia o tesouro das terras da Nova Espanha.

"Do bote, vi se aproximar a terra. Na praia, silhuetas de homens morenos, pequenos, nos observavam. A aproximação não seria fácil. Desconfiávamos uns dos outros há quase dois séculos. Eles já haviam aprendido sobre a eficácia de um tiro e sabiam nos atingir com flechas de longa distância.

"Não vou lhes contar todos os detalhes das conversas e negociações – os livros de história estão abarrotados deles. Mas vou lhes dizer que algo naquela terra me fez ficar. Talvez fossem os fios de cabelo de Xtabay – tão finos que a menor brisa os erguia. Talvez fossem os olhos amendoados e puros que me encaravam sem deixar escapar qualquer sentimento. Ou a pele cor de mel; os lábios delicadamente desenhados. Eu a recebi como um presente. Sempre me disse que minha escolha fora por contraste... Mas estou me apressando novamente. Deixem-me contar da primeira vez que a vi.

"Eu estava há algumas semanas na floresta em busca de ouro. Era junho e o calor parecia uma fogueira. Com as roupas grudadas no corpo, eu sentia moleza e dor de cabeça. Estava irritado, fraco. Tarde da noite, sem sono, eu andava pela selva estranhamente quieta, iluminada pela lua cheia. Xtabay surgiu como uma visão em meio ao verde-escuro. Estava de pé sob a sagrada árvore da vida que seu povo chamava de Yaaxche. Majestosa, inteiramente nua, ela me fitava enquanto a brisa fazia flutuar pequenos flocos de algodão que lhe pousavam nos longuíssimos cabelos escuros.

"Fiquei paralisado enquanto ela se aproximava. Lentamente, me tomou pela mão e me conduziu até o cenote. Retirou as minhas roupas e entrou comigo na água. Com as mãos em concha, lavou-me os cabelos e o corpo. Algo indefinível me fez tremer um pouco. A última vez que tomara um banho havia sido na celebração do Natal, dois anos antes. Confesso que olhava horrorizado para aqueles hábitos selvagens de se banhar todos os dias. Agora ali estava eu, nu, indefeso, sentindo o aroma adocicado dos óleos com que ela me esfregava o corpo. A água fresca me pôs uma calma inesperada na pele. Não lembro como dormi, mas acordei com o sol alto, deitado nas pedras, com as minhas roupas lavadas e cheirando a ervas.

"Ao voltar à cidade de pedra, soube que o chefe dos selvagens desejava me falar. O intérprete, padre Antonio, um jesuíta sem qualquer vocação para a santidade, que ali estava há muitos anos e se juntou a mim apenas para descobrir onde os nativos escondiam o ouro, me encarava com um sorriso malicioso.

"Sempre fui habilidoso, um perito na arte de bajulação. Bastava observar atentamente os alvos e ajustar minhas ações às expectativas deles. Dissimulado, traidor, frio, ambicioso, assassino eram adjetivos que me davam as vítimas – eu não me importava. O padre era minha alma gêmea. Logo estávamos extraindo segredos há muito guardados. Naquele dia, ele veio me encontrar já adiantando que o chefe gostaria de me oferecer uma esposa. Respondi que não estava interessado. O padre me fez ver que recusar um presente ofertado com tamanha generosidade não seria bom para os negócios.

'Além do mais, o que vale uma mulher dessas? Nada. Quando voltar para a Espanha, deixe-a aqui. Não será um casamento sob os olhos de Deus.'

"A fala do padre não me causou escândalo. Éramos dois homens ambiciosos que se consideravam práticos. Dei de ombros e entrei na casa de pedra do chefe.

"Ao lado dele estavam duas mulheres – Xtabay e uma outra, cuja respiração eu poderia ouvir a quilômetros. A maneira como juntava levemente as sobrancelhas e o olhar de baixo pra cima me advertiam sobre fúria contida e adagas amoladas. Recendia a raiva. Preferi a paz. Digo que escolhi Xtabay por contraste, mas hoje penso que a teria escolhido de qualquer forma – a memória das horas passadas na floresta estava bem gravada no meu corpo.

"Entrou em minha casa com seu manto de quietude, suas roupas muito limpas e sua comida perfumada. Passei a ser banhado regularmente. Não protestei. Sabia que o povo dela sentia nojo dos europeus. E, no calor de Yucatán, eu já começava a perceber as vantagens de um banho.

"Um ano depois, vimos juntos o navio se afastar. Eu, Xtabay e padre Antonio permanecemos na praia, sem nada dizer. Cada um de nós perdido em seus pensamentos

"Xtabay era calada por natureza. Um silêncio de pedra em todas as horas do dia e da noite. Descobri que estava grávida quando percebi seu ventre aumentando. Eu acreditava que ela passava os dias tecendo e cozinhando. Até que o padre me confidenciou que ela desaparecia por dias seguidos quando eu me embrenhava no mato em busca de ouro.

'Para onde ela vai?'

'Não sei, Dom Fernando, ela é de outras terras, mais ao norte. Lá a linhagem é materna e as mulheres comandam tudo. A mãe dela era a *reina*, assim como a avó e a bisavó. Ela seria a próxima. Ia casar aqui com o filho do rei-divino, mas ele morreu antes do casamento. O segundo filho também morreu. E o terceiro. Ela foi ficando. Não podem matá-la. Então a ofereceram pro senhor, porque ela parece lhe gostar. Ou pelo menos não parece lhe odiar como odiava os outros...'

"O padre fez uma pausa e completou, rindo: 'Talvez tenham esperança de que sua falta de higiene e suas doenças façam o trabalho sujo.'

"Senti raiva daquele comentário, que considerei ofensivo, por ser dirigido a um amigo. Inclusive disse isso ao padre."

"A sua sensibilidade só acorda quando se refere a você, não?", Serena interrompeu a história. Parecia irritada.

"Por que diz isso?"

"Porque o comentário infeliz do padre sobre aceitar a moça como presente e depois descartar como laranja chupada não lhe incomodou, não é? E é bem pior do que lhe chamar de porco."

"Olha, moça, não é da sua conta como eu me sinto ou deixo de sentir. Também já avisei que não sou flor que se cheire e fiz coisa muito pior. Mas, por cortesia a uma dama, vou lhe dizer que eram outros tempos. A gente pensava assim mesmo. O que a senhora quer que eu faça? Quer que eu minta e diga o que não sentia? Não posso fazer isso. A condição do jogo não é dizer a verdade? Então..."

"É que dá raiva ouvir essas coisas", ela replicou.

Ele deu de ombros.

"É pra mentir, dourar a pílula ou contar de verdade?"

Inpu interveio.

"Conte apenas a verdade, mesmo que seja feia, chocante, odiosa. O jogo só funciona se for na base da crueza."

Para ajudar a aliviar a tensão, tentei mudar o rumo da conversa e retomar a história.

"Por que não podiam matá-la?"

"Fiz essa pergunta ao Padre Antonio. Ele respondeu que após a morte do terceiro filho do rei, ela foi escolhida para ser jogada no Cenote Sagrado como sacrifício. Ele estava lá. Viu tudo. Contou que Xtabay não tremia nem chorava. Caminhava normalmente, sem medo algum. Quando os sacerdotes se aproximaram, ela simplesmente saltou. Um voo certeiro, como esses pássaros que mergulham na água e vão até o fundo para depois emergir com um peixe no bico, sabe? Desapareceu nas águas e nenhum barulho mais se ouviu. Acreditaram que tinha feito a passagem para o mundo inferior, onde habitam os mortos. Mas, ao chegarem à aldeia, ela estava lá, cozinhando milho."

"E não tentaram de novo?"

"Quem sobrevive ao cenote sagrado também é considerado sagrado. Eles acreditaram que Chaac, o Deus da Chuva, a protegeu. Ninguém mais a quis como esposa. Eu dou razão. Havia algo naqueles olhos de poço escuro que me arrepiava."

Ao sabor das memórias, o velho parecia ter remoçado. Empertigou-se antes de continuar e eu poderia jurar que seus cabelos pareciam menos brancos.

"Lembrei agora da forma como, no primeiro dia em minha casa, afastei as pernas dela sem encontrar resistência ou aceitação. Ficou me encarando o tempo todo. Depois levantou e se lavou. Em seguida dormiu, quase de imediato, sem emitir um som. Um silêncio de bicho, que me fascinava e inquietava.

"Desde a conversa com o jesuíta passei a observá-la. Às vezes eu a via caminhando entre as milpas, as plantações. Parecia fazer carícias nos pés de milho e de feijão, passava as costas das mãos nas abóboras e esfregava abacates na pele fina do rosto.

"Numa tarde clara de setembro, ouvi sua voz pela primeira vez. Mal amanheceu o dia e ela se afastou em direção à floresta. Eu a segui silenciosamente enquanto abria caminho entre os arbustos. Só parou muitas horas depois, diante da grande pirâmide quase toda coberta de vegetação e musgo. Não estava só. Outros haviam chegado e mantinham os olhos fixos no alto da construção de calcário. Uma peregrinação não combinada, um gesto espontâneo em direção dos tempos idos. De repente, todos juntos, uniram as mãos, produzindo um ruído alto e seco. Um som terrível respondeu do templo. No mesmo instante vi que o sol em declínio iniciava um jogo de luz e sombras que desenhava triângulos nas pedras, dando a impressão de que algo se movimentava, como se uma enorme cascavel deslizasse pela lateral da construção.

"Os lábios dela se moveram.

'Kukulcán...'

"Um grande silêncio se fez. Nada parecia se mover, e logo as sombras tomaram toda a floresta. Voltamos calados no breu da noite. Eu não sabia a razão, mas também senti que era hora de quietude.

"Na manhã seguinte, eu a vi junto com os outros no meio das milpas. Os homens pareciam um único ser, dotado de mil dedos, braços e pernas, arando o solo, arrancando ervas secas. Uma dança da terra. As mulheres cantavam e Xtabay punha água fresca sobre o solo recém plantado, sussurrando uma espécie de canção com apenas duas palavras.

'*Milpitas... ja...*'

'O que você disse?'

"Não respondeu.

"O padre se aproximou, sorridente.

'Eles estão plantando juntos. Apenas isso. Preparam a terra...'

'O que ela está dizendo?'

'Na música? Nada de mais: milpitas e água.'

'Tudo isso é tão estranho...'

"Narrei rapidamente o que havia testemunhado na véspera. Não compreendia o que vira. O jesuíta riu de novo.

'Você sabe como são essas religiões pagãs. Adoram a natureza. Ontem foi o equinócio de outono. Eles acreditam que o deus-serpente desceu para fertilizar a terra, que hoje eles estão semeando. Agora virão os meses de gestação. A terra grávida vai parir as sementes na primavera. O parto virá no próximo equinócio. Então os frutos serão visíveis, crescerão e serão alimento.

"Não sei por que, mas aquela explicação me pôs um sentimento diferente no peito. Como se, pela primeira vez, tudo estivesse no seu lugar exato e as coisas fossem mais simples do que aqueles rituais intrincados da religião na minha terra. Mas logo a sensação passou.

"As brisas frescas de março embalaram o nascimento da minha filha. Acordei no meio da noite e vi Xtabay de pé. Respirava forte e um fio de água lhe escorria pelas pernas. Pôs algo em uma sacola de pano e saiu sem nada dizer. Atordoado, eu a segui pelo meio do mato, arranhando as mãos nos galhos, tropeçando nas pedras. Ela abriu caminho entre a densa vegetação e senti o hálito do cenote à minha frente. O luar entrava pela abertura no alto da rocha e se projetava sobre as águas tranquilas. Havia um tambor invisível ecoando surdamente pela mata, repercutindo nos cipós e nas rochas das paredes.

"Ela se acomodou nas pedras e pariu ali mesmo, sem um gemido. Sobre o peito acomodou a criança, ainda atada ao cordão umbilical, e flutuou de costas até se posicionar exatamente sob a luz da lua. O som do tambor desaparecia aos poucos. Só então percebi que era o meu coração se suavizando pela visão de minha filha recém-nascida a flutuar no azul líquido do cenote dos deuses.

"Dei o nome de minha mãe, Lucia, à criança. Xtabay a chamava por outro nome: Ixchel, que padre Antonio me disse ser o nome da deusa da Lua. Desde os primeiros dias, o cenote era a sua segunda casa, e a noite lhe era familiar. A mãe lhe enfeitava os cabelos com *sac-nicté* e umas flores brancas que usava para fazer licor. E as abelhas pousavam na sua coroa perfumada. Nessas ocasiões, ela permanecia imóvel, com os olhos fechados e um leve sorriso no rosto, como se ela mesma fosse uma flor de Yucatán.

"Branca como a lua, minha criança andava pelas ruínas da antiga cidade, farejando os rituais dos antepassados, passando os dedos sobre os desenhos esculpidos na pedra, curvando-se perante a cabeça da serpente emplumada na base da pirâmide. À medida que crescia, algo ancestral se consolidava nela. O sangue da mãe era mais forte, mas eu não queria uma filha que chamariam de selvagem.

"É importante dizer que amei Lucia desde a primeira vez que pousei os olhos nela. Senti nascer algo novo em mim – um sentimento sem par. Quando a menina tinha nove anos, um navio espanhol chegou e preparei a partida. A Espanha a acolheria e educaria. Era tão clara e delicada que jamais notariam que não era europeia, eu me repetia, e ocultei na parte mais profunda do meu coração a verdade dos seus olhos amendoados e a de que, sob a pele esbranquiçada, o sangue dos maias clamava seu território. A mãe nada disse, mas na véspera da viagem dei pela falta da menina. Rugi, desesperado, vasculhando a selva noite adentro. Já chegava a madrugada e as constelações dançavam no céu sem nuvens. Uma leve friagem soprava entre as folhas quando as vi paradas. Xtabay dizia algo e Lucia a ouvia com atenção, movendo a cabeça levemente.

"Só então me dei conta de que estavam diante da boca aberta do cenote sagrado. Meu grito de pavor ecoou pela mata, mas nenhuma das duas se moveu. Corri, tropeçando nas pedras e cheguei a tempo de ver Xtabay mergulhar, pássaro marinho, nas águas que levavam ao mundo dos mortos. A menina permaneceu imóvel, olhando a fenda na terra. Eu a abracei, com o coração descompassado, e vi que seus olhos calmos agora eram poços escuros.

"Esperei o dia amanhecer e examinei as águas. Nenhum sinal de vida. O navio partiu horas depois. Na minha Mallorca, eu, agora homem rico, tratei de apagar os meus crimes com generosas ofertas, penitências, doações e esmolas.

"Fiz Lucia ser educada pelas irmãs do convento das Clarissas. Todos os refinamentos destinados às mulheres lhe foram oferecidos. Tecelã nata, bordava, costurava e cantava com voz angélica. Aos quatorze anos, era de uma beleza delicada e dada ao mesmo silêncio perturbador da mãe. As freiras aprovavam sua mudez, mas algo em mim dizia que a menina apenas fazia o que pediam, como se fosse um dever; uma obediência opaca, sem vontade ou alegria. Ela aguardava – eu intuía.

"Nada prenunciou a noite de 21 de março, em que Lucia fez quinze anos. Um ruído qualquer me despertou em plena madrugada de lua cheia. Atraído por uma movimentação, vi, pela janela, que minha filha caminhava em direção ao mar, a fina camisola esvoaçando em torno do corpo. Ainda estava frio, mas ela seguia, em passos firmes. Corri em agonia, gritando seu nome. Não parou ou se voltou. Eu a alcancei dentro do mar, quando se entregava às águas, de braços abertos.

"Arrastei-a de volta. Não resistiu.

'Por que, minha filha?' Perguntei enquanto recuperava o fôlego.

"Ela se voltou para mim, com seus enormes olhos de poço,

e disse, com simplicidade.

'*Quería bañarme.* Aqui não se toma banho...'

'Vou pedir que ponham uma tina no seu quarto', foi tudo o que consegui dizer.

"Nos dias seguintes, permaneceu quieta e não tocamos mais no assunto. Passou a banhar-se todos os dias, segundo me disseram as criadas. Mas os estranhos hábitos de minha filha logo se transformaram em boatos que ganharam as ruas. Alimentaram a ânsia dos que se comprazem com a vida alheia. Pela cidade havia murmúrios perversos sobre o comportamento de Lucia, sua fuga noturna, seus banhos diários, canções em língua desconhecida. Loucura, possessão e bruxaria eram nódoas naqueles tempos de ignorância e fanatismo. Podiam representar a impossibilidade de um casamento e, pior, a morte.

"Decidi levar minha filha a uma peregrinação. Escolhi visitar a missão de um capuchinho de Mallorca cuja retórica fervorosa encantara a cidade alguns anos antes. Ele havia estabelecido missões na Califórnia e sob essa justificativa iniciei os preparativos para a viagem. Secretamente eu desejava pedir ajuda e confessar minhas suspeitas de que Lucia estava sob a influência de algum mau espírito. Eu ouvira falar das atividades do frei como inquisidor e julguei que ele seria capaz de afastar a sombra dos feiticeiros indígenas. Lá tudo seria feito com discrição e longe de vizinhos e conhecidos bisbilhoteiros. Eu gostava dos capuchinhos. Acreditava-os humildes e idealistas. E *el viejo sacerdote* tinha fama de compassivo. Além disso, no Novo Mundo a mão da religião era mais exploradora de riquezas que punitiva dos pecados. Pelo menos era o que eu acreditava.

"Na Missão de San Junipero, deram-nos celas individuais. Fiz doações generosas e confidenciei minha angústia ao franciscano, sem dar detalhes de Xtabay. Mencionei somente que minha menina era mestiça e havia nascido em Yucatán, de mãe indígena convertida, já falecida. Sim, menti. Sempre confiei pouco nos homens, mesmo nos 'santos'.

Por prudência, na viagem à chamada Nova Espanha, havia pedido mais informações sobre as missões franciscanas de Sierra Gorda e soube que o velho padre havia denunciado vários cristãos não indígenas por crimes de feitiçaria e adoração ao diabo. Adverti a minha Lucia do perigo que corríamos e pedi cautela. O braço da Inquisição era longo e sua mão, pesada. Mas confesso que rimos um pouco da ingenuidade do frade, que acreditava em bruxas voando à noite e fazendo sacrifícios a demônios que se disfarçavam de cabritas.

"O frei foi indulgente com minha Lucia. "Coisas da imaginação de moça", ele me disse. Ela obedecia a tudo o que lhe era pedido, cumpria rituais e fazia penitências. Suas longas horas de meditação e orações eram passadas junto à fonte em estilo mediterrâneo, para a qual ela olhava com a mesma nostálgica expressão com que contemplava o mar.

"Aos poucos, ela se aproximou dos Ohlone, que trabalhavam na Missão. Evitava os frades e concentrava-se exclusivamente nos indígenas, que pareciam lhe fazer bem. Intimamente lamentei que seu sangue materno ainda pulsasse mais forte que as raízes europeias. O frade bondosamente entendeu quando ela lhe confidenciou que desejava ajudar na salvação daquelas almas e me disse que via ali um indício de que talvez Lucia se tornasse freira, dada a sua 'compaixão com os gentios e pequeninos que lembrava a doce Clara de Assis'. Ela sorriu ao ouvir isso. O mesmo sorriso que usava para cativar as irmãs Clarissas.

"Nos meses seguintes, eu a ouvia orando e conversando com os Ohlone, particularmente um jovenzinho de seus vinte anos, de grandes olhos castanhos, Caio. Segundo *el viejo sacerdote*, ele era dotado de rara inteligência e os frades pensavam em mandá-lo estudar na Europa. Lia muito, escrevia poemas e tinha um temperamento amável. Desde os seis anos morava da Missão."

Todos nos voltamos instintivamente para o homem do escafandro. Ele não se moveu. Continuou a olhar para a frente, com as costas muito retas encostadas à parede e os joelhos dobrados.

O narrador engoliu em seco e prosseguiu.

"Tive uma impressão ruim e passei a vigiá-los. Ela havia cuidado dele quando o moço ficou doente, na época da Páscoa. No começo de dezembro, por acaso os vi arrumando o presépio na capela. Ao entrar, ouvi as vozes de ambos e escondi-me atrás de uma coluna. Algo me alertava para prestar atenção. Falavam com intimidade, entremeando risos e momentos sérios.

'Você me desculpe, Lucia. Sei que é metade espanhola, mas eu odeio espanhóis. Não consigo evitar. São uma constante bofetada na nossa cara. Já lhe disse tantas vezes: eles nos roubaram a liberdade, nos fizeram servir não ao seu Deus, como diziam, mas à sua cobiça. Devastaram tudo o que tínhamos e se riem de nós, se julgando melhores por serem mais brancos e com mais armas. Nas missões deles só encontramos morte por cansaço e privação, plantando uvas sob o sol inclemente para que tenham seu vinho sagrado na missa e na mesa...'

'Não tenho mais sangue espanhol. Minha mãe o lavou no cenote.'

"Caio riu.

'Nunca falei antes, mas na outra missão, de onde fugimos, era pior. Falar a nossa língua era um crime, sabia? Rendia punições até para nós, as crianças. Às vezes a gente se escondia no meio do mato só para ficar falando a língua dos avós.'

'Não sei como eles podem gostar tanto dessas construções pesadas, cheias de sombras', ela apontou para a nave da pequena igreja.

'Ah, sim. Essas paredes me assustam. Tudo tão escuro. Sinto medo desses olhos de vidro dos santos. Aqui dentro há um peso. Por isso fico um pouco e logo saio. É difícil respirar. A luz lá fora traz o ar de volta.'

'No monastério das Clarissas eu me sentia assim. Era como uma sepultura. Sabe o que falta, Coyote? As águas – elas estão longe de nós. Chaac não nos enxerga aqui.'

"Ao ouvir a menção do deus maia, senti o sangue fugir-me do rosto. Como ela podia se lembrar, após tantos anos? Mas logo estavam novamente falando dos padres.

'Se você pensar bem, essas missões são a primeira prisão da Califórnia. Se aqui é ruim, você precisa ver a Soledad, cheia de índios forçados a trabalhar nas plantações. Forçados... logo nós, que nascemos livres. Ah, e essas casas de adobe... você sabe... Não gosto nem de olhar. A gente se consome para construir. Dias e dias colocando a mistura nas formas de madeira. Às vezes, um de nós deixa a marca da mão ou do pé num tijolo molhado – para eles lembrarem que a gente existe.'

"Caio discursava de modo eloquente e apaixonado. Exaltação típica da juventude, pensei, sarcástico.

'Como é o lugar de onde você veio?'

'Eu lembro pouco. Apenas da claridade e da areia debaixo dos meus pés. Também lembro dos corvos, das gaivotas e dos pelicanos descansando perto do rio, enquanto as ondas do mar quebravam forte nas rochas. Ah, e havia os cheiros. O cheiro bom dos arbustos perto da praia e o cheiro horrível dos restos de peixe e de fezes que os pássaros deixam nas pedras. Mas não quero falar disso. Me deixa triste. Na verdade, só vim montar esse presépio porque queria entregar uma coisa pra você. Lembra quando te contei sobre as conchas cobertas de espinhos e os abalones?'

"Lucia acenou com a cabeça, colocando um carneirinho no presépio.

'Eu te trouxe uma concha de abalone que acabaram de tirar do mar. Tem muita importância para o meu povo, você sabe disso. Não é curioso como o valor das coisas é mutável? Basta nascer em lugares diferentes para o mesmo objeto ter outro significado e importância. Os abalones, por exemplo, para o meu povo são uma força viva, vibrante e poderosa. Para os espanhóis, significa apenas dinheiro.'

"Os olhos de Lucia brilharam ao tomar nas mãos a enorme concha.

'Uma obra-prima do artesanato da natureza', murmurou, emocionada. Seus dedos longos percorreram cada curva da concha, encantada pelo jogo de cores que se refletiam em seu rosto. Sob a luz das velas, dançavam ecos de auroras e de poentes.

'É como ter nas mãos o próprio mar...', disse, num fio de voz, hipnotizada pelos azuis opulentos, os verdes etéreos, os suspiros de rosa perolado que brilhavam como a luz do luar na água.

'Sinta a textura. É, ao mesmo tempo, suave e áspera...Não é bonito pensar que tudo isso é a marca dos caminhos dessa concha, arrastada pela correnteza do mar, que é tão antigo? Ponha no ouvido para escutar a voz das criaturas que moram no oceano. Elas vão te contar muitos segredos. Sabem canções e histórias de praias desconhecidas, de ondas gigantes, de distantes gentes e de navios que dormem no fundo das águas.'

"Lucia aproximou a concha da orelha direita e fechou os olhos. Ao abri-los, sorria.

'Chaac me disse que vou voltar para casa.'

"Eu quis gemer alto. Ah, Lucia, minha filha, vou perder a minha alma por sua causa, pensei.

"No mesmo instante, do outro lado da igreja, Caio tomou as mãozinhas de Lucia entre as suas e disse:

'Ah, Ixchel, vou perder a minha alma por sua causa'.

"Quase sem conseguir respirar, do meu esconderijo vi minha pequena Lucia aproximar os lábios dos de Caio e dizer, com doçura:

'Hoje à noite, na fonte. Estarei lá na mesma hora...'

"Um longo e penoso arrepio percorreu a minha coluna. Apoiei as mãos na parede fria e saí sem fazer ruído. Um vento frio me esperava.

“Tive tempo suficiente para planejar o que faria. Mais tarde, na cela, busquei um pequeno recipiente de vidro verde. Despejei um pouco de vinho no copo e grande parte do conteúdo do frasco na garrafa. Saí em direção à fonte. Era o comecinho de uma noite gelada e sem lua. Órion ostentava seu cinturão de estrelas no céu escuro. Oculto atrás de uma grande árvore de cortiça, aguardei.

“Primeiro chegou Caio, cauteloso, olhando para todos os lados. Uma pesada roupa de lã o cobria. Lucia demorava. Certamente estava se certificando se todos dormiam. Veio caminhando sem ruído por volta das 21 horas, quando toda a Missão estava imersa em silêncio. Tive ímpeto de interrompê-los, mas me contive.

“Durante um longo tempo, os dois namorados se detiveram em sussurros. Mãos unidas, faziam promessas, entremeadas por beijos. Por fim, Lucia se levantou e se dirigiu à cela que ocupava. Passou bem junto de onde eu me escondia e pude ouvi-la dizer a Caio:

‘Espere até que eu entre, dê mais um tempo e só então vá. Nunca se sabe’.

“A grande noite estendeu seu silêncio sobre tudo. Quando ouvi o barulho da porta se fechando, esperei alguns poucos minutos e me levantei. Caio se ergueu num salto. Sua voz tremia ao perguntar:

‘Quem está aí?’

‘Calma, Caio, sou eu, Dom Fernando.’

“Pude sentir a tremenda tensão.

‘Há quanto tempo o senhor está aí?’

‘Tempo suficiente’, respondi, cuidadosamente dando à minha voz um ar de calma e simpatia que estava longe de sentir. Depois de uma pausa, disse em tom tranquilizador:

‘Sente-se, Caio. E me conte o que há entre você e Lucia’.

“Não esperei pela resposta.

'Imagino que goste dela. Não posso condená-lo. É tão linda, tão boa. E, você sabe, é difícil eu me opor. Eu casei com a mãe dela, uma indígena maia...'

"Era o meu velho jogo de dizer as coisas sem dizer. Mesmo na escuridão, eu percebia a hesitação e os sentimentos confusos de Caio.

'Por que não me diz o que sente por ela? Se for honesto, poderá talvez contar com a minha ajuda. Venha, tome comigo um pouco do meu vinho. É espanhol.'

Bebi todo o conteúdo do copo e enxuguei a boca com a manga da camisa. Tornei a enchê-lo e o estendi na direção de Caio. Ele hesitou.

'Espero que não recuse uma oferta do pai da moça que acaba de se encontrar com você. Vamos, beba, vai lhe dar coragem e ajudar a afastar o frio. Foi o que vim fazer aqui: encontrar no frescor da noite um pouco de coragem para dizer a Lucia que desejo voltar a Yucatán.'

"Esperei o efeito das minhas palavras. Com voz pouco firme, Caio finalmente falou:

'Sim, senhor, Dom Fernando, gosto de Lucia. Perdoe se não confiamos no senhor; achamos que não nos aceitaria'.

'Beba comigo, meu filho. Posso chamá-lo de meu filho? Sou mais velho e talvez você seja parte da minha família em breve', insisti, mais uma vez estendendo o copo na direção do rapaz. Desta vez ele aceitou e seus dedos tocaram levemente os meus. Estavam gelados. Sem dizer uma palavra, bebeu um pouco. Sentei confortavelmente na beirada da fonte e acendi um lampião.

'Então, conte-me tudo."

"Meu tom de voz conciliador e o vinho, que ele bebericava nervosamente, soltaram a língua de Caio. Falou sobre seu amor por Lucia, disse que era correspondido e que planejavam viver de forma simples em algum lugar onde a liberdade fosse plena e a natureza soberana.

'Talvez meu plano de voltar a Yucatán seja o mais adequado, então. Creio que Lucia gostaria. Você estaria disposto a ir conosco?'. Fiz a pergunta dotando a voz de uma humildade que acrescentava mais fel ao meu orgulho ferido.

'Eu faria tudo por Lucia e pelo senhor.'

'Então amanhã conversaremos sobre isso. Mas, a partir de agora, confiem em mim. Nada de encontros na escuridão. Isso não é certo.'

'O senhor tem razão. Me perdoe. Fui estúpido e me sinto mal agora.'

'Os jovens sempre são estúpidos', eu disse. E enchi mais uma vez o copo: 'Aproveite esse restinho de vinho. Já bebi quase toda a garrafa'.

Ele bebeu. Peguei o copo e comecei a me levantar.

'Adeus, Caio...'

"Ele olhou para mim e, num segundo, imagino que compreendeu o que havia acontecido. Caiu diretamente no chão de pedra da Missão. Aproximei-me devagar e com o lampião próximo ao rosto dele, esperei, fitando seus olhos vazios, congelados em mil expressões de dor e surpresa. Toquei no peito e no pulso – nada. Então sequei qualquer resíduo de vinho na boca do morto, esfreguei-lhe os dentes e passei o lenço na língua. Em seguida caminhei na direção da cela, carregando garrafa, copo e lampião.

"Dormi um sono sem sonhos e acordei com a algazarra da descoberta do cadáver. Misturado ao grupo de curiosos, acompanhei o choro de Lucia e o desespero dos pais de Caio.

"Nos outros dias eu a vi, debruçada sobre o túmulo, ocultando a tormenta sob os cabelos soltos que chegavam até o chão em ondas escuras. A partir de então, murchou a minha flor de Yucatán.

"Nos seus últimos dias, teceu um longo sudário para ser sepultada. Não mais falava espanhol, apenas a língua da mãe e a dos Ohlone. Parou de comer a comida da Missão e recusou os sacramentos. Os Ohlone traduziram suas poucas palavras para mim. Disse que não precisava de nada daquilo, pois não morreria – mas eu sabia que mentia. Que apenas estava a rejeitar tudo o que o meu sangue lhe havia concedido. Ela me expulsava de si. Ela sabia!

"Assisti, impotente e desesperado, a sua música se extinguir. Em nenhum momento deixei seu quarto, implorando em prantos que não me deixasse, arrancando os cabelos e urrando de dor. Num momento de loucura, cheguei a pedir que me denunciasse, admiti o meu crime, supliquei por seu perdão, jurei arrependimento. Em vão. No seu silêncio surdo, jamais me dirigiu uma palavra de despedida ou conforto. Nunca mais pôs em mim seus olhos de poço escuro. Impassível, obstinada a cavar a própria liberdade.

"Curioso é que, antes disso, eu não havia notado como é essencial cruzar os olhos com os de um ser amado. Impedido de olhar nos olhos dela, era como se tivessem erguido uma pesada porta entre nós. Minha filha estava do outro lado, inacessível pela eternidade, trancada em sua vingança justa. Negou-me tudo, até uma despedida. Antes mesmo do corpo se desfazer, eu fui punido por sua ausência. Ela me mostrou que morreu com Caio naquela fonte. Eu a havia matado. Seu corpo ainda sobreviveu por alguns dias, bem verdade, mas já sem alma.

"Na véspera do Natal, terminou a mortalha branca, com rendas nas mangas e na barra, e bordada com abalones e flores – douradas, vermelhas, azuis. Flores da Califórnia e de Yucatán. As mulheres Ohlone vieram e lhe cantaram canções em sua própria língua. Ela lhes deu instruções em voz baixa, que não pude entender e ninguém me disse o que era. Distribuiu joias, enfeites e roupas, até nada restar nos baús. Depois foi se encolhendo na cama e morreu fechada em seu silêncio. Foi enterrada como estava, em posição fetal. Ninguém ousou contrariar a sua vontade. Toquei seu rosto frio pela última vez, impressionado por ver os ossinhos apontando sob a pele. Não mais chorei – já havia decidido o meu destino.

"Horas depois da morte, o Frei me convocou. Estava abatido. *El Viejo* parecia estar também se despedindo da vida, mas queria me falar sobre Lucia. Ela havia morrido sem receber os ritos finais e o cemitério da Missão era pequeno. Talvez não houvesse lugar para ela.

"Pensei em perguntar quanto custaria, mas preferi ouvir a proposta que ele evidentemente trazia.

'Podemos abrir um túmulo para ela do lado indígena, se não for problema para o *señor*. São os Ohlone cristãos que estão lá – e obviamente é terra sagrada. Assim que tivermos um *pequeño lugar* no lado espanhol, nós a traremos para o nosso lado', propôs.

"Concordei. Formalidades ficam fora de nosso ângulo de visão quando estamos destruídos por dentro. Perante a morte de um filho, tudo o mais perde a importância. São apenas coisas, ritos que os homens criaram, bobagens. E assim Lucia foi deitada, encolhida, ao lado da sepultura de Caio. Uma última desforra, atirada no meu rosto pelos deuses implacáveis. Era o entardecer do dia de Natal e eu estava inteiramente esvaziado.

"Na manhã seguinte, fui acordado por um tumulto. Os frades corriam atordoados, assim como os Ohlone. A sepultura de Lucia estava aberta. E vazia. Já não havia lugar para eu chorar minha filha.

"Fiquei ali, de joelhos no chão, sem lágrimas, contemplando as raízes se entrelaçando na terra. Os frades me olhavam com piedade e tentavam me levar para a capela. Pedi-lhes que me deixassem. No fim da tarde do segundo dia, estando ainda ali, uma mulher Ohlone se aproximou. Eu a conhecia. Chamava-se Isabel.

'Dom Fernando, fomos nós que a levamos. Ela pediu.'

'Onde está?'

'No sambaqui, perto do mar.'

'Me leve até lá.'

'Não. O senhor não pode tirar ela de lá.'

'Não vou tirar. Foi a última vontade dela. Vou lá para me despedir, eu juro.'

"A mulher hesitou, mas acabei por convencê-la. Combinamos que iríamos à tarde, eu, desarmado e desacompanhado. Concordei. Na minha cela, escrevi um breve bilhete e pus no bolso o vidro verde.

"Caminhamos por algumas horas. Eu, distraído pelas cores do pôr do sol a tingir de rosa, azul e dourado o céu de Carmel. Comigo vieram as mulheres Ohlone.

'É aqui', disse Isabel.

‘É bonito’, respondi.

“Olhei por muito tempo para o cone que se erguia à minha frente. Uns seis metros de altura.

‘Eis a sua pirâmide, Ixchel. Pode dormir em paz no meio das conchas, dos peixes e mariscos. Volte à terra sem peso no seu coração. Seu *viejo* pai não mais vai lhe atrapalhar.’

“Em torno do monturo, as mulheres oravam pelo sono dos ancestrais, depositando colares e contas. Também rezavam para que os filhos lembrassem de honrar os antepassados, mas nessa parte eu já não acreditava.

“Apalpei o bolso e tirei o vidro verde. Bebi todo o conteúdo e sentei no chão.

“As mulheres correram para me ajudar ao me ver caído, mas eu as impedi com um gesto.

‘Permitam que eu, um criminoso, descanse no mesmo lugar da minha filha. É tudo o que peço.’

‘O sambaqui é para tudo o que existe no mundo. A gente não julga as coisas da terra, nem as separa’, respondeu Isabel.

“Então as mulheres Ohlone, as boas mulheres Ohlone, cantaram até que meus olhos pesados se fecharam para a luz.”

II

O homem do escafandro permaneceu imóvel. Todos os demais suspiraram simultaneamente.

Inpu pigarreou, com a mão fechada diante da boca.

“Mais um que foi punido em vida...”

Os demais concordaram.

A chuva lá fora redobrou de intensidade repentinamente, como se chorasse por todos nós, os atormentados da Terra.

CAPÍTULO 9

O TESTAMENTO DE JUDAS

UMA CIDADE À ESPREITA – PECADOS OCULTOS – A MULHER ADÚLTERA – A COVARDIA TAMBÉM MATA

•• "HÁ VÁRIOS

tipos de diabos correndo no mundo. Um deles é magro e liso. Traz uma expressão bajuladora afivelada no rosto e uma sacola de elogios vazios. Nunca levanta a voz, sempre está pronto a oferecer cadeiras, carregar bolsas e a se esconder quando a situação exige firmeza. Sussurra palavras doces, tentando conquistar simpatia. Não toma partido em disputas, preferindo observar de longe, pronto a apoiar o lado vencedor. Os olhos, sempre inquietos, procuram qualquer sinal de perigo para recuar e evitar conflitos. Sua presença é uma constante lembrança da fraqueza humana que se disfarça de gentileza enquanto trama para escapar das responsabilidades e desafios que exigem verdadeira coragem."

Todos olharam para a mulher de cabelos escuros. Devagar, ela ergueu o rosto.

“Há uma cruel ironia em ser covarde quando a vida pede bravura: os atos que evitamos por medo são os mesmos que semeiam as mais dolorosas consequências em outras vidas”, observou Inpu.

“Há consequências para o covarde, também. Às vezes, o ato de esconder fere mais que o grito,” ela respondeu.

Permaneceu calada por um momento e, depois de sorver o ar lentamente, iniciou a sua história.

“Eu venho de Morrinhos...”

A voz falhou ao pronunciar o nome da cidade. Nova pausa, outra inspiração profunda, e ela prosseguiu. Havia algo de mecânico em sua voz.

Lembrava os locutores de antigas novelas de rádio, e me parecia apenas reproduzindo em voz alta as palavras de um livro invisível. Contou tudo de um jeito calmo, porém seu semblante revelava cansaço. Aqui está alguém moído pela vida, pensei, observando as olheiras escuras e o modo como mantinha os olhos baixos.

“Morrinhos não tem mais que dois mil habitantes. Um lugarzinho monótono a dormir entre as serras de Minas Gerais. Ali, mulher anda ‘direito’, não há alternativa. E tudo se sabe. Especialmente no Domingo de Páscoa, dia de festa e de ondas de fuxicos. Nada escapa aos olhos da vizinhança: da roupa reaproveitada ao comportamento incomum, tudo é visto, sabido e comentado entre risadinhas e cochichos. Depois vem a punição exemplar, para que não se contaminem os outros. É a tradição.”

À medida que ela falava, eu e os outros mergulhamos na história, como se estivéssemos vendo um filme. Esquecemos da narradora. Havia apenas as cenas de Morrinhos e seus personagens a se movimentarem pela cidade.

"No sábado que antecede a Páscoa, há a malhação de Judas. No alto do pau de sebo, um testamento dependurado ri dos aflitos. Poucos são os que não estremecem ao contemplá-lo. Ninguém sabe quem o escreve, mas é certo que há anos expõe os segredos da cidade. Não há mazela conjugal, infâmia ou injustiça que fique oculta. Chamam de 'Testamento de Judas', mas poderia ser 'Olho de Deus'. Nada escapa.

"A leitura é pública, dita na 'boca de ferro', para toda gente ser informada. É antecedida por uma noite de agonias, promessas à barra dos oratórios e tentativas de negociar com a divindade. E é sucedida por uma noite inquieta, em que vozes se alteiam e se calam, choros se ouvem detrás das janelas e a raiva escorre por baixo das soleiras até alcançar a rua deserta.

"A missa de Páscoa, horas depois, é esperada com ansiedade pelos que escaparam naquele ano. Aos expostos na véspera não se perdoa a ausência: é admissão de culpa. Arrastam-se então os infelizes até o patíbulo. Sentem olhos zombeteiros os seguirem, secretamente regozijados com a humilhação dos 'pecadores'. Melhor ir. A presença estoica e a aparente serenidade são as únicas chances de se plantar a dúvida na mente da vizinhança. Por isso ninguém falta.

"No Sábado de Aleluia daquele ano de 1932, o Joca subiu até o alto do mastro. Ágil, com as mãos e os pés cheios de areia, e louco para ganhar o prêmio. Tão logo aboletou-se no topo, começou a comer os doces que faziam parte da prenda.

“Lá em baixo, a multidão aguardava, torcendo as mãos de ansiedade. Os outros moleques, de boca aberta, deixavam escorrer a saliva encharcada de inveja; os adultos não desgrudavam os olhos do envelope dobrado.

“D. Rosália, minha comadre, não se conteve:

‘Joga logo o testamento, menino!’

“Joca lambeu o açúcar dos dedos, pegou o pedaço de papel e o atirou na direção das cabeças que o contemplavam. E voltou à caixa de doces.

“Caiu o embrulho pardo entre os pedaços da roupa do Judas, que havia sido estraçalhado minutos antes.

“Durante alguns segundos, ninguém falou uma sílaba, num silêncio de temor e de ódio. Segundos depois, lançaram-se todos juntos sobre o pedaço de papel, onde letras de forma expunham as vísceras morais dos amigos, parentes e vizinhos. Vorazes.

“Seu Genésio, açougueiro e vigilante da saúde moral de Morrinhos, foi mais rápido. Abriu o papel e passou os olhos sôfregos sobre o texto. Dava pra ver-lhe o brilho de pura luxúria na cara quando limpou a garganta e iniciou a leitura:

‘A todos os que lerem este testamento faço saber que:

– Deixo a manga da minha camisa para uma bonita da rua dos Andradas que vai surpreender o noivo na noite do casamento;

– Deixo minhas calças para um vendedor de tecidos da avenida dos Dirceus. Vai precisar usá-las quando seu patrão descobrir sobre as contas da lojinha;

– Deixo meus sapatos para uma dona alcoviteira, fazedora de anjinhos, na fazenda Guaxupé. Terá de correr muito pra escapar dos seus pecados, dona...

– Deixo minhas meias para um respeitável comerciante, pai de família, da rua da Guarda Nacional, padrinho de uma criança de cabelos cacheados que mora em Andradina, na rua dos Sapateiros. Tanto ama o pequeno, que o moleque lhe herdou os olhos, o nariz e as sobrancelhas.

– Deixo a minha luneta para uma nobre senhora do Apostolado da Oração. Talvez assim enxergue a vizinha que tanto lhe visita o quarto quando a dona da casa sai para a igreja.

– ...'

"A velha fofoca maldosa, grafada em estilo indigente e feio.

"E assim seguiu o cortejo de desditas e malfeitos até então secretos. A cada frase, uma risada irrompia. Alta, vingativa. Os risonhos discretamente passavam os olhos pela multidão, a conferir quem empalidecia ou corava.

"Na manhã seguinte, um cortejo de rostos impávidos tentava disfarçar olhos inchados, marcas de bofetadas e orgulho ferido. Em vão. A fofoca já corria célere, rolando de boca em boca, mastigando os espíritos, lambuzando-se com a desgraça alheia.

"Uma única alma de Morrinhos se mostrava avessa aos comentários. Minha nora, Beatriz. Não tinha tempo para tolices e menos ainda para cuidar da vida alheia.

"Havia sido uma longa semana, bem me lembro. Esteve ocupada em comandar os empregados na preparação do almoço da Páscoa. Meu filho receberia os amigos da cidade e das fazendas vizinhas.

"Ela havia jejuado desde a Quinta-Feira Santa. Na nossa casa, era costume fazer silêncio e sacrifícios por causa da morte de Nosso Senhor. A semana inteira era de recolhimento e rezas. Sou cristã devota, fui criada desse jeito. Minha sogra, dona Orlanda, exigia que fosse assim. Aos 80 anos, ainda era ela a comandar a casa. Era a dona da fazenda. Eu e Beatriz éramos as esposas do filho e do neto. Nada além.

"Na Semana Santa, comíamos pouquíssimo, não se penteavam cabelos ou cortavam unhas. Todos os anos, dona Orlanda ordenava a Carolina, nossa empregada mais antiga, que se vestisse de preto e vigiasse cada infração na Semana das Dores. Na quinta à noite, todo ruído mundano cessava: Jesus havia sido preso, chicoteado e traído. Só restava a oração pela solidão do Cristo no Jardim das Oliveiras. Quem teria coragem de contar causos ou encher o estômago de comida quando o Salvador estava faminto, sedento e ferido?

"Na Sexta-Feira da Paixão, até os cães sossegavam. As crianças eram mantidas quietas, sob ameaça de castigos divinos e humanos. Apenas as moscas, hereges, zumbiam aqui e lá.

"Durante a vigília na igrejinha, Beatriz enxugou os olhos no lenço de cambraia, condoída diante da imagem do Senhor Morto e dos santos cobertos por panos roxos. E a cidade inteira se emocionou com ela. Eu também. Nunca vi alma tão pura, eu disse a ela, segurando-lhe as mãos. As bochechas ficaram rosadas e ela baixou os olhos. Respondeu um tímido *Quem me dera*, e orou, com redobrado fervor.

"Eu agradeci ao Senhor Jesus por aquela menina, cristã convicta. Naquele dia, bebeu apenas alguns goles de água de rosas com açúcar. Disse que acalmava os nervos e evitava a dor de cabeça causada pelo estômago vazio. E me confidenciou, envergonhada, que Jesus merecia sacrifícios, mas dor de cabeça ela julgava desnecessário.

"No fim do dia, parecia encovada. Aproveitou a tranquilidade do começo da noite para ler um pouco. Os livros na biblioteca eram lembrança enevoada do meu tempo vivido entre letras. Tempos em que eu anotava, num caderno azul decorado com motivos florentinos, os sonhos que jamais realizaria. Algo me causou calafrio quando ela, imitando um gesto meu, passou os dedos sobre as capas encadernadas em couro. Escolheu *Mrs. Dalloway* e, dez minutos depois, ressonava. Retirei o livro com cuidado e senti uma certa pena ao ver seu rosto cansado.

"No sábado, quando acordei, já a encontrei ocupada com o almoço. Saltou da cama antes das seis da manhã, comandou a cozinha, supervisionou a matança do porco e inspecionou o tempero das aves. Um alívio para mim, que amanheci com enxaqueca e por isso não fui à malhação do Judas.

"As empregadas lavaram o chão, engomaram os guardanapos e as roupas de cama. As louças mais finas saíram do armário, a prataria foi polida e as babás capricharam ao esfregar orelhas, unhas e pés das crianças. Tudo cheirava a limpeza e ordem, como dona Orlanda gostava.

"No fim da tarde, quando os empregados voltaram da leitura do testamento de Judas, Beatriz parecia um pouco mais distraída. Sentada na varanda, tomava um refresco e sorria, brincando com o cachorro da fazenda. Perguntei se estava bem após a trabalheira do dia. Ela acenou com a cabeça e murmurou, corando um pouco, que estava certa de que a recepção do domingo de Páscoa deixaria orgulhoso o marido. Chegou até a rir quando o

Manoelzinho, berrando como um porco no matadouro, tomava a surra do sábado de Aleluia.

"Veio o Domingo de Páscoa. Fomos todos à igreja. Beatriz, de cabeça baixa, no alheamento de sempre. Tão absorta estava que não deu mostras de notar o súbito silêncio que se fez à sua entrada na igreja. Durou alguns minutos, mas foi perceptível, pois seguiu-se de sussurros em voz baixa e gestos de mão destinados a impedir a continuação da conversa. Caminhou devagar até o banco de madeira, mantilha à cabeça, desapercebida de que todo movimento seu era seguido de perto por olhos que se estreitavam.

"Eu assisti a tudo. Não a beijei. Fiquei sentada no banco ao lado dela, rígida, sem dizer palavra. Ela ergueu os olhos timidamente e encontrou o meu medo. Engoliu em seco e deparou-se com a fúria no rosto de minha sogra. Dona Orlanda sabia como esmagar alguém com o peso do olhar. Nessa hora, eu poderia jurar que Beatriz sorriu diante da perversidade na face que a encarava. Quem saberia dizer? O sofrimento de Jesus, a agonia da semana e os preparativos para o almoço certamente faziam os nervos pregarem peças. Abri o leque e me abanei. Nem por Jesus consigo passar calor. E o nervosismo me faz suar.

"Na hora da comunhão levantou-se a Beatriz e um murmúrio leve se seguiu ao gesto. Difuso, mas claro o suficiente para ser incômodo. Os cantos da minha boca se contraíram. Adivinhei o desespero com que os olhos dela buscaram os do nosso velho pároco na hora em que ele depositou a hóstia em seus lábios. E novamente o murmúrio se fez ouvir, desta vez mais alto, real. Ergui o queixo e a acompanhei voltando ao banco, de cabeça baixa. Não comunguei naquele domingo. Não poderia. Estava enojada com a transformação do espaço sagrado em tribunal alimentado pelo ressentimento e pela hipocrisia.

"Ajoelhada ao meu lado, de olhos fechados, Beatriz pôde ouvir claramente o som da condenação que a atingia em vagas de tormenta. Notei os pelos do braço se erguendo em sinal de alerta.

"Tenho certeza que naquele instante ela se deu conta. Eles sabiam. Finalmente, descobriram.

"Suspirou e voltou a sentar-se, os olhos fixos na coroa de espinhos pintada na cabeça do Senhor Morto.

"Persignou-se ao fim da missa e saiu depressa. Ninguém a cumprimentou, nem ela fez questão. Caminhou apressada, e todos adivinhávamos as batidas do seu coração, cada vez mais fortes, descompassadas.

"Mal viu quando D. Orlanda se aproximou. Segurou-a pelo braço, com mais força que o habitual. Ela girou o corpo e se inclinou para beijar o rosto de minha sogra. Facilitou que a mão da mulher lhe alcançasse em cheio a bochecha direita.

'Vagabunda, pecadora!'

"A dor não foi apenas física, tenho certeza.

"O murmúrio que se ouviu na igreja estava de volta, fermentado pela virtude ultrajada.

"De onde estava, vi Beatriz dar meia volta e tentar caminhar em direção ao carro. Caiu. A mão de Estevão alcançou-lhe os cabelos. Logo estava com o rosto empurrado contra o chão, alguns pedregulhos lhe rasgando a pele. Demorei a perceber que os lábios dela estavam sangrando e a identificar as palavras duras que me entravam ouvido adentro. Vinham não só de Estevão e de D. Orlanda, mas dos vizinhos, da amiga de infância, das senhoras do Apostolado. Eu ali, paralisada. A raiva me dominava também, mas não conseguia participar do linchamento.

'Por isso jejuava e rezava tanto.'

'Quando foi?'

'Tenho certeza que foi naqueles quatro meses em que foi tratar uma pneumonia em São José dos Campos.'

'Quem diria...'

'Sonsa.'

'O testamento de Judas é instrumento divino nesta Sodoma.'

"Em meio a tudo, eu, muda, sem ação, a assistia caída no chão, tentando proteger o rosto com os braços. Por alguns segundos, ela levantou a cabeça e meus olhos encontraram os dela. Curiosamente, parecia aliviada.

Outros notaram, e no outro dia me perguntaram se todos os criminosos arrependidos tinham aquela expressão de gratidão por, afinal, terem sido descobertos. Uma espécie de alívio por não mais guardar segredos obscuros. A libertação ao custo de algum sangue. Justo. Eu não soube responder – nunca respondo.

"Os murmúrios se converteram em gritos, socos, empurrões e pontapés. Atingiam-na no rosto, ferindo-a. Desabavam-lhe sobre a cabeça e os ombros, o peito, as coxas, o sexo. Caiu uma segunda vez.

"De repente, silêncio. Mão engelhada surgiu diante dos seus olhos cobertos de sangue e poeira. Apoiou-se nela, semicega pelas lágrimas e se levantou devagar.

'O senhor vai proteger essa adúltera, Padre?'

"Nenhuma resposta. O velho continuou a segurar-lhe a mão. Com a outra, riscava o chão usando uma varinha comprida. Todas as cabeças se espicharam para ver o que fazia.

"O que escreveu, ninguém jamais soube ao certo. Havia versões demais.

"Uns falavam que riscara a terra para lembrar a alguns da existência de filhos bastardos; outros sobre assassinos jamais identificados; outros ainda sobre roubos nunca descobertos. Obviamente houve, durante muitos anos, quem garantisse que Padre Tommaso escrevera sobre filhos ingratos, pecados horrendos, falhas minúsculas, hipocrisia e toda sorte de velhacarias.

"Aos poucos se dispersaram, cada um carregando o fardo de si mesmo, com a cara lambuzada, não de vergonha, mas de receio de serem descobertos.

"Na sacristia, o velho limpou o sangue seco sem dizer palavra. Entregou a Beatriz umas roupas limpas, que seriam destinadas aos pobres.

"Ela se vestiu, devagar, evitando encostar nas feridas abertas.

"O que vou lhes contar agora não é fruto da minha imaginação. Juntei o que ela me contou e o que li nos diários do Padre, que encontramos depois que ele morreu, anos mais tarde. Vou lhes contar do meu jeito, pois, quando li, parecia que eu via tudo acontecendo, sentia até o gosto das coisas e os cheiros bons e ruins.

"Beatriz dormiu num catre nos fundos da igreja. O sacerdote a acordou no dia seguinte com um prato de comida e um copo d'água. Comeu, agradeceu e dormiu de novo, encolhida.

"No fim da tarde, o padre a encontrou sentada no leito. Tomou-lhe as mãos devagar.

'Padre...'

'Minha filha, não diga nada. Seus algozes não estão aqui.'

"Mas ela sentia uma grande vontade de retirar as larvas que via andarem pelas feridas abertas. Começou a arrancá-las, uma a uma, gemendo a cada vez que a pinça lhe mergulhava nas carnes. E de seu coração brotavam mágoas líquidas a molhar o chão da sacristia.

"Falou em torrentes, sem pausa.

"Aos poucos os soluços cessaram, a voz ficou suave. Não restava mais larva alguma, apenas uns buracos feios.

"O velhinho sorriu quando o sol da tarde pôs uma luz vermelha na copa das árvores. Após tantos anos, o confessionário ainda lhe reservava desconcertos e fascínios.

"A voz do sacerdote tremia levemente quando começou a falar. No começo, ela ouviu sem interromper, depois emitiu monossílabos. Por fim, disse algumas frases.

"Padre Tommaso conhecia bem os tons de voz dos aflitos. Tinham aromas específicos. O dela, agora, cheirava a redenção e açucena. Havia, finalmente, deposto o fardo no chão.

"Da cadeira, ele a contemplou em silêncio. Depois de alguns minutos, informou, escolhendo com cuidado as palavras:

'Estevão falou que virá buscá-la quando você estiver melhor. Não agora, pois é cedo, eu disse a ele. Daqui a alguns dias converse com ele, minha filha. Conte tudo. Peça perdão. O tempo é uma borracha que Deus põe nas mãos da gente. Saiam desta cidade, nada os prende aqui. Recomecem.'

"Ela olhava para fora, absorta.

'Sabe, padre, tem vasos que são bonitos demais quando inteiros. Mas vem alguém, às vezes sem querer, e os derruba. Fazem-se em pedaços tão miúdos... Aí não têm conserto. Fica feio, mesmo que a gente cole bem coladinho. Dá para enxergar os pedaços que faltam. E não tem jeito, sempre vai nos lembrar que se quebrou. A gente não vê mais o antigo vaso, que um dia achou bonito. Só vê as rachaduras e a feiura.'

'Jesus Cristo nos ensinou a perdoar. O mais importante é o dia seguinte, o não voltes a pecar. Foi o que eu disse ao seu marido.'

"Ela pareceu não ouvir.

'Padre, uma vez me falaram que no Japão eles usam ouro para restaurar peças de cerâmica quebradas. Aí, em vez de uma rachadura feia, você tem algo novo, valioso. Há uma filosofia por trás disso. A quebra e o conserto se tornam parte da história do objeto. Em vez de tentar disfarçar o desastre, você o ilumina, engrandece. Isso, para mim, é o perdão sincero.'

'Sim, minha filha, e derreter o ouro, ajustá-lo nas frestas, limpar as sobras, tudo isso deve dar muito trabalho. Mas eu acredito sinceramente que vale a pena fazer esse esforço.'

'A questão, padre, é que às vezes a gente está cansado e quer apenas carregar os pedacinhos, sem juntá-los de novo, e os atirar num canto qualquer, sem pena alguma.'

"O velho sacerdote acompanhou o olhar dela. Espiava um gato a dormir no gramado.

'O senhor notou como a essa hora as coisas são mais bonitas? Parece um canto de cisne do sol. Antes de desaparecer, ele põe esse brilho na grama e dá uma cor nova a tudo. A gente tem a impressão de que há mais verde no mundo. E aquele gato, padre? Como dorme tranquilo. Perfeitamente calmo. Sinto inveja dessa quietude que nada parece abalar.'

'Vou lhe fazer um café.'

"Ela concordou, com um gesto de cabeça.

"Na volta, o velho se arrastou escada acima, levando as canecas. Havia ouvido uns ruídos, mas era meio surdo. Talvez fosse o gato. Mas não. O quarto estava vazio.

"Notou sobre a cama, ainda sujo, mas cuidadosamente dobrado, o vestido que ela usara na Missa de Páscoa..."

"... E o silêncio..." interrompeu o violinista.

"... E o silêncio...", concordou a mulher.

"Encostou a porta com cuidado e se sentou na cama. Enquanto olhava os últimos raios do sol, levou a caneca aos lábios."

Todos ouvíamos, pensativos. A chuva escorria pela janela.

"Isso é tudo?", perguntou Aletheia, que agora massageava as pernas da defunta.

"Não"

"O que aconteceu com ela?"

A mulher suspirou.

"Estevão..."

"O que ele fez?"

"Não consigo dizer."

"Tome, beba isso. Vai lhe dar coragem."

Inpu estava ao lado dela, com uma xícara.

"Tem álcool?"

"Não. É chá. Pérolas do Dragão. Trouxe da minha coleção particular. Foi um presente do imperador da China, há muitos séculos.

Ela afastou a xícara com gesto.

"Acho que não sou digna."

"Não diga tolices. Segundo a lenda, no alto de uma íngreme montanha chinesa havia uma fonte mágica. Em torno dela cresciam folhas de chá que eram colhidas e enroladas à mão em forma de pérolas. Um dragão protegia a fonte e as folhas. Aqueles que conseguiam colher o chá sem perturbar o dragão eram abençoados com a sua força e sabedoria. Beba, então."

"É difícil não perturbar dragões. Eles têm mil olhos", ela disse, baixinho.

E bebeu todo o conteúdo da xícara. De uma vez, sem respirar.

II

"Agora que falei de Beatriz, posso falar de mim. A propósito, ela era a moça loira que entrou e foi embora. Sempre anda comigo por aí, perambulando. Nunca me deixa sozinha por muito tempo", ela recomeçou.

"Então está viva?", perguntei, esperançoso.

"Alguém aqui está realmente vivo?"

"Só posso falar por mim. Eu estou."

"Eu também", completou Manoel.

Os demais riram um riso contido, meio torto.

"Todos estamos vivos quando contamos histórias. Se a memória fala, estamos de novo no mundo. Nossos corações batem, nosso sangue circula e a nossa voz é ouvida", observou Inpu

"Está esboçando uma filosofia dos poetas?", provoquei.

Ele apenas me olhou com uma expressão bondosa e, apontando para a mulher, pediu que continuasse.

III

Com um suspiro, a mulher de escuros cabelos retomou a história.

"Lembro-me do amanhecer em que completei seis mil dias sem sair de casa. Seis mil. Eu os contava, naquela época. Depois parei. Não via o sol. Não queria luz. Emagreci, parei de fazer comida e não lembrava de tomar banho. Depressão, diziam. Uma vizinha deixava um prato na minha porta. Eu às vezes comia; às vezes, não. Dei para ela todo o dinheiro que me restava, pra compensar a despesa. A comida melhorou bastante desde então. Talvez ela quisesse mais dinheiro. Não acredito em bondade desinteressada.

"Comigo seguia somente a sombra triste da pobre Beatriz, a me lembrar que, se Estevão era violento e dona Orlanda perversa, a minha covardia completou a trindade da tortura.

"Não há dia em que eu não lembre de como fingi cegueira, surdez, mudez. Escolhi não ver os hematomas, a boca ferida; não escutar gritos na noite e choro abafado. Ignorei garrafas vazias e copos eternamente cheios, o rosto vermelho do meu filho, seu descontrole a transformá-lo num monstro. Um descontrole que notei desde que ele era menino e se comprazia em atormentar os animais da fazenda. À medida que crescia, emudeci perante o prazer selvagem em seu rosto ao espancar os empregados, esmagar o corpo das empregadas contra o chão da cozinha, humilhar os infelizes que pediam trabalho.

"Desses assuntos não se falava na nossa casa. Nunca fui capaz de dizer coisa alguma a ele ou ao pai dele, enquanto viveu. Sempre fui inútil, até mesmo quando via olhos aterrorizados me pedindo socorro. Sou perita em desviar o olhar.

"Feria os joelhos no chão das igrejas, a implorar misericórdia, mas jamais enfrentava a fúria na minha casa. Beatriz era diferente. Estoica e capaz de dizer a Estevão sobre seu desgosto. Por isso as marcas, os roxos nos braços.

"Ficou doente e eu a acompanhei ao sanatório. Ali me pediu ajuda, em lágrimas. Eu podia ter posto um fim ao seu sofrimento, mas tive medo. Tinha dinheiro comigo, parte da herança de meu pai. Bastava ter dado a ela, um pouco que fosse. Mas a covardia é um vício da alma. Tive medo de enfrentar dona Orlanda e Estevão.

"Falei que seria difícil para ela sobreviver, sozinha e sem marido. E que sentiria falta dos filhinhos. Ela me garantiu que trabalharia – como babá, professora, governanta, lavadeira, vendedora, e que um dia voltaria para buscar os filhos. Bastava uma pequena quantia para se estabelecer em uma cidade longe. Mas a minha fraqueza a aconselhava a voltar, implorando que aguardasse mais um pouco até que eu me organizasse. Eu a ajudaria, mas precisávamos nos preparar e ela deveria me proteger, para que a vingança de Estevão e de dona Orlanda não me impedisse de cuidar dos filhos dela quando estivesse longe. Aliás, e se eles se vingassem nos pequenos? Convenceu-se. Voltou, a infeliz.

"Dois anos se passaram e sempre havia uma desculpa para eu adiar a fuga. Notei que, por fim, ela parecia ter se conformado. Não mais perguntava sobre datas e planos. Calou-se, sempre mergulhada em seus pensamentos e livros. As agressões prosseguiam, gratuitas, por puro prazer doentio.

"Veio a Semana Santa e o escândalo. Não fosse a interferência do velho padre, e talvez a pobre criatura tivesse sido assassinada em plena rua. Assisti a tudo com lágrimas nos olhos e, mais uma vez, sem coragem de fazer um gesto. Eu sou como aqueles apóstolos de Jesus que fugiram e se refugiaram nas sombras, os negadores, os medrosos. Esses foram piores que Judas, que pelo menos devolveu o dinheiro e tentou reparar o mal."

O homem que parecia uma figura de El Greco enfiou os dedos entre os cabelos e riu com amargor, balançando a cabeça. Ela ignorou.

"De volta à fazenda, após a terrível cena na porta da igreja, eu me recolhi, horrorizada. Não conseguia esquecer a violência. Senti nascer em mim um ódio visceral pelos moradores da cidade. 'Como eles conseguem aplacar a consciência?", eu me perguntava. 'Cegos! Não veem que essa justiça sangrenta serve apenas para alimentar seus desejos sombrios?'. Mas não sou do tipo que enfrenta a ferocidade dos brutos. Atormentada, eu andava de um lado para o outro, torcendo as mãos e engolindo a indignação. Ela me inchava na barriga, dava ânsia de vômito, mas eu estava habituada a escondê-la dentro do corpo, como um verme.

"Naquela vez, entretanto, dei um pequeno passo além dos limites da minha covardia. Na segunda-feira depois da Páscoa, reuni o dinheiro que tinha e fui até a igreja. Encontrei minha nora abatida, com as feridas ainda abertas, os olhos enormes e tristes.

'Me perdoe, Beatriz. Fui covarde.'

'Não se culpe.'

'Tome, tome. Foi tudo o que pude trazer. Vim correndo, escondida. Pegue isso, antes que Estevão venha aqui. Fuja, minha filha. Fuja, enquanto pode.'

"Ela obedeceu. Recolheu o dinheiro, dobrou o vestido de domingo e o colocou na cama. Saímos. O caminho até a estação era longo, mas ela conseguiria pegar o trem das 21 horas, o último. Despedimo-nos rapidamente e ela seguiu na direção da cidade.

"Antes de nos separarmos, ao me abraçar, confessou ao meu ouvido.

'Fui eu.'

'O quê?'

'Fui eu que contei a mentira para o autor do Testamento de Judas.'

"Eu poderia ter perguntado a ela mil coisas, mas fiquei apalermada.

'Você sabe quem escreve o testamento?'

'Sempre soube. Ao fazer as compras na semana passada, deixei que percebesse. Fingi desespero após o *descuido* e pedi discrição.'

'Mas por quê?'

'Porque vivo em um inferno que me queima a carne. O que me restava? Arrisquei. Talvez Estevão me desse uma morte rápida, talvez me expulsasse. Em todo caso, seria a liberdade. E eu não lhe causaria problemas, minha sogra. Cuide dos meus filhos, deixe-os longe de Estevão. Um dia virei buscá-los, mas antes lhe escreverei, usando outro nome. Diga-lhes todos os dias que os amo, que só estou viajando para cuidar da minha saúde.'

"Voltei para a fazenda, o coração aos pulos, olhando para trás a cada passo.

"Ao entrar em casa, Estevão me esperava. De pé, na cozinha, com uma faca nas mãos, descascando uma laranja.

'Onde estava, mãe?'

'Pegando um vento ali pelo pasto.'

'Mentirosa!', a bofetada me atingiu em cheio.

"Fiquei caída no chão, segurando a bochecha, incapaz de reagir. Nunca havia sido espancada. Lembram-se? Sou das que jamais levantam a voz. Sou a sombra invisível encolhida pelos cantos, sempre com os braços levantados para me proteger dos ataques. Sou das que se abaixam quando vêm os golpes e se ocultam nos porões quando soa a hora da revolução.

"O brilho insano nos olhos do meu filho me punha tremores violentos no corpo. O medo da dor me cegava. Ele se agachou e, com a ponta da faca encostada no meu rosto, riu o mesmo sorriso demoníaco do pai dele – aquele riso de quem saboreia o sangue alheio.

'Eu vi que desapareceu o dinheiro que há muito tempo guarda. Ou acha que não notei que esconde dinheiro? Olhe bem para essa faca. Sou capaz de lhe cortar inteirinha se não me disser o que fez com o dinheiro.'

'Meu filho...'

'Não me chame de filho nunca mais! Minha avó ali' – e apontou para a triunfante dona Orlanda que chegara à cozinha sem que eu notasse – 'minha avó é a minha verdadeira mãe. Vosmecê é só uma parideira que me pôs no mundo. Minha avó nunca protegeria aquela vagabunda. Mas vosmecê, vosmecê... vosmecê deu dinheiro pra ela e o amante.'

'Não, meu filho, não dei dinheiro para amante nenhum. Era pra fazer compras no armazém do seu Matias. Olha lá na cozinha, acabou o arroz.'

'Onde ela está? Diga logo! Se não disser, faço com vosmecê o que quero fazer com ela'. Disse isso me puxando pelos cabelos com uma das mãos, e com a outra segurando a faca que já me furava a pele. Gotas de saliva malcheirosa espirraram na minha cara.

"Não mais resisti.

"Ele me empurrou e logo ouvi o carro se afastando.

"Durante muito tempo fiquei no chão da cozinha, vertendo fel pelos olhos. Lágrimas de piedade, de medo, de arrependimento – o sumo amargo da minha covardia.

"Ele voltou na manhã seguinte, com os olhos vermelhos, a camisa manchada de sangue e um ar de ferocidade satisfeita.

"Virei de costas e mexi nas panelas, sem coragem de perguntar.

"Ele sentou na cadeira de espaldar alto e pôs os pés na mesa.

'Eu trouxe de volta o seu dinheiro, mas acho que vosmecê perdeu o direito a ele. Afinal, deu para outra pessoa. Então vou ficar com ele. Essas duas notas aqui vosmecê use para comprar o arroz.'

"E deixou sobre a mesa da cozinha duas notas amassadas. Estavam manchadas.

"Nunca perguntei o que aconteceu com Beatriz. Ela jamais escreveu ou veio buscar os filhos. Os meninos cresceram atormentados pelo pai. Assim que passaram da adolescência, escaparam para longe daquele horror, e a casa foi se esvaziando. Fiquei só, vendi tudo por um preço irrisório e fui pra cidade. Os netos, ressentidos, não quiseram se aproximar. Acho que me julgavam cúmplice. Reagiram enojados quando, após a morte de Estevão, contei do último dia em que vi a mãe deles. Recusaram o dinheiro da herança.

"Então me tranquei em casa, a contar os dias. Depois de uns dois mil amanheceres iguais, eu a vi entrar em casa. Beatriz. Estava igual ao dia em que me despedi dela – vestindo a roupa puída dos indigentes, os cabelos escorridos e molhados, os hematomas espalhados pelo corpo.

"Tentei abraçá-la, mas me fugiu. Estava sempre um passo adiante ou atrás, muda. E se entrava comigo em uma sala, logo saía, igual fez aqui.

Quando eu deixar desta casa, ela estará lá fora, sob a chuva, com seus sapatos gastos, as unhas quebradas e seu rosto eternamente ferido."

Soluçou alto, com as mãos cobrindo a face.

Inpu se aproximou e lhe ofereceu um lenço. Chorou muitas lágrimas, que pareciam acompanhar o ritmo da tempestade.

Só então me dei conta de que a chuva lá fora era o céu chorando pela nossa miséria. Não cessaria até que terminássemos de contar as histórias e de purgar o que nos estrangulava.

A mulher foi se recuperando aos poucos. Quando falou, sua voz era monótona, sem viço.

"Já notaram como o mundo apaga os covardes? Eu mesma esqueci meu nome. Anoiteço na solidão, assistindo ao espectro da velhice se aproximar com seu silêncio e abandono. Mas, como todos os que contaram suas histórias antes de mim, sei bem o que fiz e me conformo com o que virá. Não lhes vou dizer que estou pronta pra isso. Não estou. Eu tremo, tremo tanto – e ninguém vê. Foi o destino que construí para mim."

"Um poeta já disse – com muito acerto – que os covardes morrem muitas vezes antes de suas mortes", murmurei.

"É verdade. Sei disso, pois morro diariamente. Porque eu, meus caros, sou a padroeira dos medrosos, a imperatriz dos que nunca dizem o que realmente pensam. E os remorsos me mordem como cães. Aquele demônio magro e liso de que falei no começo? Está aqui, pousado no meu ombro, me cochichando mil formas de me esquivar."

Inclinou a cabeça.

Nós outros permanecemos olhando para frente, medindo a nossa própria covardia.

Após alguns minutos, Inpu bateu nas coxas e se levantou.

"Mais uma que não precisa de nós para lhe aumentar as dores..."

Concordamos, silenciosamente.

Olhei ao redor e disse ao homem que parecia a figura de El Greco:

"Acho que só nós dois não contamos histórias. Quer falar agora?"

Ele sorriu, triste. E disse uma única palavra: "Finalmente".

CAPÍTULO 10

QUANTO VALE UM HOMEM?

A CULPA É UM RATO NO PEITO – A CIDADE E OS SENTIDOS – OURO DE TOLO – PEÃO DE JOGO DIVINO – HÜBRIS E HAMARTIA NÃO SÃO APENAS PALAVRAS ESTRANGEIRAS

•• ALETHEIA

se pôs a massagear as coxas da morta, ainda murmurando a canção. A chuva no telhado e a melodia preenchiam a sala. Uma parte de mim achava inútil a massagem, absurda, mas naquela atmosfera tudo parecia fazer sentido. Os sons da tempestade, o ruído dos dedos na carne do cadáver e a canção faziam parte da mesma estranha sinfonia.

O homem que lembrava uma figura de El Greco se ergueu, caminhou até a janela e lá permaneceu por algum tempo, olhando a chuva. De repente, sua voz encheu a sala e reverberou nas paredes de madeira e nos móveis rústicos.

"A culpa é um rato no peito."

Era de meia idade, mas parecia velho, tinha cheiro de velhice. Mastigava as palavras devagar, de cabeça baixa, como uma máquina que narrasse o passado. Bastava apurar os ouvidos para escutar um som subjacente: o de vidros se quebrando.

Soltou a frase de uma vez e parou, com uma ruga entre as sobrancelhas franzidas. Sem deixar de massagear a falecida, Aletheia o encorajou com um olhar de compreensão.

"Eu o amava. Descobri isso quando o vi morrer. Ah, os deuses. Talvez existam mesmo e sejam maus. Têm prazer em punições cruéis. Deixam a gente descobrir as coisas quando não há mais jeito de consertar. Agora? Mal durmo. Os meus sonhos sempre estão povoados pela imagem dele, cega e triste. Acordo atordoado e fico de olhos abertos, olhando o céu eternamente cinzento. Sei que o sono não virá. Então ouço dentes afiados me roendo o coração enquanto revivo vezes sem conta a sequência dos meus erros. É o rato."

"Deve ser um inferno", comentei.

"Inferno é não poder voltar no tempo", ele respondeu.

Fez uma pausa e depois suas divagações prosseguiram desconexas, uma ciranda de memórias de arrependimento.

"No momento em que o vi morrer, uma agulha – dessas compridas e de ponta bem fina – se cravou lentamente no meu peito. Eu não sabia que a ausência dele iria abrir esse abismo em mim. Nunca imaginei que ele acabaria morto por minha causa. Diante do corpo dele aprendi que não se deve chorar pelos mortos. Eles são cegos, mas descobrem a gente pelo som do choro. Desde aquele dia maldito, a sombra dele se estende sobre as minhas horas. E seus olhos me seguem, pingando lágrimas na minha comida e lavando os temperos. Os mortos roubam o gosto da comida. Nada mais ouço. Meu choro cobre todos os ruídos do mundo."

"Não estou entendendo", disse o rapaz com o violino.

Ele olhou um tanto consternado para o músico, ergueu os braços em sinal de impotência e os deixou cair, moles, ao longo do corpo.

"É que está falando só para você mesmo, meu filho. Talvez seja melhor você nos contar o que aconteceu, mas desde o começo. Assim poderemos entender", a voz de Aletheia soou maternal.

Fui até a cozinha e me servi de mais chá.

"Você aí, com o chá, quanto acha que vale a vida de um homem?", ele perguntou de repente, apontando pra mim.

"Depende do homem...", respondi sem pensar.

"Resposta errada. Pois me fizeram essa pergunta, eu dei outra resposta e também estava errada."

Ajeitou-se na cadeira e permaneceu calado por um longo tempo. Quando começou a falar, tinha um ar cansado.

"As lembranças da cidade que amei são todas relacionadas aos meus sentidos. Eu não nasci no seu chão abençoado por oliveiras e doces verões, não cresci nas suas queridas ruas estreitas de pedra, onde ecoa a voz do *shofar*. Vim do Sul, do chão árido que bebeu o sangue do meu pai e me fez órfão aos dez anos. Minha mãe deixou para trás as dores de Negev, a água pouca e a miséria da nossa casa.

"No deserto, o sol não se ergue. Ele se impõe. Desce voraz sobre as pessoas e a paisagem, reivindica cada grão de areia, queima as mais escondidas pedras, suga os sumos da vida e se cola ao corpo com a intimidade abrasiva e constante dos maus amantes. Não há vivente que não trema sob sua vigilância. Quem nasce no deserto aprende a dança das miragens no horizonte e se curva ao ar pesado e seco que lhe machuca as narinas como um tecido áspero. Ao meio-dia, mesmo os sons parecem se esconder da luz que tudo devora. Então vem a noite, e o corpo pobre treme de frio.

"Desse inferno fugimos. Imaginem o que senti quando atravessei os portões da grande cidade e meu corpo foi invadido por suas cores e seus aromas, ruídos e sabores. Era o fim do dia e havia um burburinho de cabras e ovelhas nas ruas. Atravessamos o mercado tentando desviar dos vendedores e dos moleques que corriam; deslumbrados pela trama dos tapetes; espantados com a profusão de perfumes, unguentos, azeites e cestos de cevada e figo. A noite se aproximava e ainda não havíamos encontrado lugar para ficar. Tudo ocupado. Minha mãe esticava o pescoço inquieta, mas eu só via as lamparinas a espalharem luz dourada e a alongar sombras nas casas, de onde vinha um cheiro de pão assado e de guisado de carneiro. Burricos e velhos camelos impassíveis mastigavam folhas, mexendo a boca desajeitadamente.

"Naquela primeira noite dormimos na rua, sem reclamar. Acordei com a chuva fininha e o céu se tingindo de rosa entre as nuvens. A vida seria melhor ali.

"No mesmo dia encontramos hospedaria e trabalho. Eu seria um faz-tudo no bazar. Foi meio por acaso. Passei na frente da loja justamente quando o dono expulsava o último empregado à base de bofetadas, berrando ofensas, chamando-o de preguiçoso, patife, ladrão. Esperei o homem se acalmar, usei as mãos para alisar os cabelos e me ofereci para trabalhar. O negociante me encarou, apertando os olhos e avaliando minhas roupas cobertas de poeira.

'Você vai fazer vergonha pro meu comércio, moleque. Com essa cara suja, esses molambos e essas varetas no lugar dos braços', desdenhou, rindo.

"Levantei o queixo e disse que precisava trabalhar, que iria tomar banho e me esconderia dos fregueses. Que ele podia ficar sossegado, pois eu trabalharia muito mais que um adulto. Contei da minha mãe viúva, dos meus irmãos mortos, do meu pai que o deserto comeu. Perguntou de onde eu vinha. Eu disse. Então pediu para eu voltar no dia seguinte, bem cedo, pronto pra trabalhar. Eu fui. No mesmo dia lavei as roupas no poço e fiquei de plantão, esperando-as secar. E tomei banho.

"O trabalho pesava. Carregava cestas de frutas e de grãos, odres de vinho, sacos de amêndoas. Nunca reclamei. Mal amanhecia o dia e eu entrava no mercado, com a excitação pulsando no corpo. Havia a fragrância das tâmaras, do cedro, da mirra, dos unguentos. Eu amava o mercado sempre lotado de donas de casa, vendedores, estrangeiros, peregrinos e mendigos.

"Antes dos 18 anos, já estava encarregado das finanças. O patrão me educou no que sabia – fazer contas, negociar em línguas estrangeiras, agradar clientes (uma nobre arte) e pechinchar – e pagou para que eu aprendesse o que ele não dominava. Meu senso de observação fez o resto. Eu era um animal social e aprendia rápido. Prosperei – não lhes digo que fiquei rico, nada disso, mas vivia razoavelmente bem, o suficiente para dar uma casa à minha mãe e dispensá-la de trabalhar fora em sua velhice. A vida era boa, até aquela tarde em que ele apareceu.

"Havia dito ao patrão para voltar mais cedo pra casa e descansar. Ele estava velho. Eu cuidaria de tudo. Já me preparava para fechar as contas do dia quando o vi. Caminhava tranquilo, indiferente aos gritos dos comerciantes chamando fregueses, à conversa fiada dos desocupados e aos moleques a correr entre as tendas. Desviou-se por um triz de um homem esquelético carregando um jarro e por duas vezes evitou trombar com ovelhas e cabras. A poeira dançava estranhamente ao redor dos seus pés.

"Parou não muito longe de mim e me pus a examiná-lo. O que me atraía nele? Certamente não era a sua aparência comum ou suas roupas baratas. Inicialmente pensei que me chamou a atenção porque parecia absolutamente calmo no meio daquele caos, mas logo me dei conta de que ele não estava indiferente ao ambiente. Observava o vaivém do mercado com uma leve curva de interesse nos lábios, como quem assiste a uma briga desnecessária, sentindo pena dos contendores.

"Durante vários minutos, notei luzes se sucederem em suas íris cor de avelã, cercadas de cílios longos e claros. A pupila se contraía e se dilatava conforme os sentimentos dele. Sou bom em ler emoções – qualidade essencial para um bom vendedor. A experiência me tornou perito em microexpressões, em lampejos e movimentos quase imperceptíveis.

"Nos olhos daquele homem, a luz mudava rapidamente. Aqui um brilho de paciência, ali uma sombra de tristeza, logo adiante uma cintilação de compaixão. Piedade. Ele sentia piedade de todos nós! Fiquei irritado. Devia se julgar superior. Mas, não, vasculhei cada mudança nas íris e não achei as cores fugidias do julgamento. Intrigante.

"Aproximei-me mais.

'O que procura? Talvez eu possa ajudar.'

"Sorriu, muito de leve. As pupilas se ampliaram e nas íris fulgurou com um clarão que eu não associei a qualquer emoção.

'Talvez fosse melhor não me ajudar.'

'Faço questão.'

'Seja feita a sua vontade.'

"Esperei ver um fulgor travesso nos olhos dele, mas não. Havia sim dois brilhos simultâneos, muito claros – consternação e aceitação.

'Eu busco a verdade que vale mais que todo ouro que você carrega aí', apontou para a minha bolsa de couro, sempre na cintura.

"Ótimo – pensei –, mais um filósofo vadio, vivendo de fantasias. A cidade anda cheia desses velhacos, que exploram os infelizes, vendem talismãs aos ignorantes e prometem milagres aos idiotas. Daqui a meia hora, vai me oferecer remédio para alguma doença ou dizer que tem um fragmento da carruagem de Josué ou, se for dos ousados, uma pena de asa de anjo.

"Sou experiente demais para dizer em voz alta a minha opinião sincera sobre um potencial cliente. Em tom polido e com um sorriso amável, indaguei suavemente: 'O que pode valer mais que o ouro, meu caro senhor?'

'A verdade sobre o que realmente sustenta nossa vida e dá significado a essa curta aventura entre o nascer e o morrer', ele moveu o indicador de um lado para outro ao dizer a última frase, como que apontando começo e fim.

'Diga-me se o senhor já encontrou essa riqueza nas somas e saldos que calcula todos os dias.'

'Ah, o velho discurso de dinheiro não traz felicidade, bláblablá. Olha, amigo, é óbvio que dinheiro não compra saúde, amor ou amizade sincera, mas é necessário. Você já passou fome?' Sem esperar a resposta, saí acrescentando: 'Eu já experimentei o oco na barriga e lhe digo sem medo: assusta a gente ouvir o próprio corpo rosnando, a dor de cabeça avisando que é preciso comer e não se tem nada, absolutamente nada, para pôr no estômago'.

"Eu estava irritado e deixei de falar com ele em tom formal. Talvez estivesse mais aborrecido por perceber que aquele pé-rapado, que jamais gastaria um *lepton* na loja, precisou de poucas frases para me desestabilizar. Ele, inabalável, ignorou a pergunta.

'A verdade que eu busco é o oposto do dinheiro comum, que reduz a parcela individual ao ser dividido. O meu tesouro cresce ao ser compartilhado, encolhe ao ser guardado e transforma o comum em extraordinário.'

"Pelo menos esse é letrado, pensei, sarcástico. Entretanto, o garoto faminto que fui se recusou a abraçar a metáfora. Estava decidido a chegar à parte em que eu perguntaria a ele como forraria o estômago com as coisas do espírito, mas isso seria meu golpe final. Naquele momento eu sentia somente uma vontade inexplicável de esticar a conversa.

'Ouro também transforma em magnífico o que é apenas vulgar. Faz desaparecer até feiura, converte o falso em verdadeiro e transforma o vil em nobre. Vou repetir isso até virar provérbio e algum poeta, daqui a muitos séculos, colocar essas minhas palavras em uma peça de teatro que será assistida por príncipes, ladrões, rainhas e prostitutas. Pois, meu caro, de uma coisa tenho certeza: desde que o mundo é mundo, existe gente interesseira. Brota um novo interesseiro na Terra a cada batida do meu coração.'

"Ao contrário de mim, ele não desprezou a metáfora; preferiu me encurralar com a filosofia e me retribuiu o tratamento informal.

'Entendi a ironia do que você disse. Não sou tolo. Mas prefiro um outro caminho, o da objetividade: o que significa realmente ser verdadeiro ou nobre? Eu e você sabemos que o ouro não altera a natureza essencial de uma pessoa. No máximo a faz parecer mais aceitável aos olhos dos outros, estimula a adulação, enseja falsidades. Ouro não muda o portador, mas os que se relacionam com ele. Então, sejamos honestos, você está falando de aparência, não de realidade. Não me interessam os homens abjetos que são tratados como nobres, não me deixo enganar pela vileza que se esconde sob uma camada de respeitabilidade comprada.'

'O que lhe interessa, então?'

'Já lhe disse: a verdade que está além do poder de compra ou simulação.'

"Apontei para a calçada e nos sentamos nas pedras. Atrás de nós havia um cesto de pistaches. Peguei alguns e ofereci a ele. Aceitou, estendendo mãos queimadas de sol, com dedos longos, bem desenhados.

'Adoro pistache', ele disse, jogando um fruto pra cima, aparando-o com a boca.

'Eu também, mas morro de preguiça de descascar."

'E sobre os interesseiros que mencionei, aqueles que brotam a cada batida do coração, o que você diz?', perguntei, com a boca cheia.

'A ausência de virtudes é uma realidade inegável. Mas se ela está no outro, o que posso fazer para mudar isso? Lido com ela me preparando para não me deixar destruir. Há uma arte pouco explorada: a de proteger o coração contra os outros, de não se deixar ser refém de decisões, pensamentos e atos externos. Você não acha?'

'Então você não faz nada? Cuida apenas de você e o mundo que se resolva?'

'Não, não. Meu lado idealista acredita em educação, bondade, perdão e no poder da reflexão. Então conto histórias. Elas alcançam até os homens mais simples. Elas se gravam na gente, consolidando a ética, amansando as emoções.'

'Gosto de histórias. Estão entre as melhores invenções da humanidade.'

'Melhor que o fogo? A roda?'

'Não, a gente precisa do fogo pra poder contar histórias em torno dele, assando o pão cujo trigo foi moído na mó, que é, adivinha, re-don-da!."

"Ele ria. Nós ríamos.

'Você é rápido.'

'Nós somos.'

"Continuamos rindo e comendo pistaches. Levantei por alguns minutos e fui buscar uma ânfora de vinho. O crepúsculo caía suavemente sobre a cidade e quem nos visse julgaria que éramos amigos de longa data jogando conversa fora. Havia mais silêncio e as primeiras lâmpadas de azeite já começavam a ser acesas na casa, mas eu não queria deixá-lo ir. Retomei o assunto.

'Então você conta histórias...'

'Não conheço meio melhor de transmitir um pensamento do que enrolá-lo nas cores mágicas de uma boa história. As pessoas gostam. Cada vez vem mais gente escutar', respondeu com simplicidade, me olhando bem de perto, com a cabeça inclinada enquanto descascava os pistaches e entregava a mim.

"Agora que estava bem próximo, notei que as pupilas de seus olhos pareciam um sol negro, cercado de raios dourados, marrons e amarelos, pequenos cosmos que se expandiam além dos limites conhecidos. Assustado, desviei o olhar, certo de que aquela alma tinha uma profundidade que se igualava à indevassável escuridão da pupila. Tive medo do sol negro que me atraía para dentro de seu centro de gravidade.

"Espichei as pernas, apoiei um dos cotovelos na calçada e, com o copo de vinho na outra mão, puxei novamente o fio da conversa.

'Você é mesmo um idealista. E se os seus ouvintes não prestarem atenção à mensagem? E se você começar a atrair mais gente e se aproximarem de você os interesseiros, os invejosos, os que querem lucrar às suas custas? E se distorcerem o que você fala?'

'Se alguém usar minha filosofia ou qualquer pensamento elevado apenas para ganho pessoal, sem uma verdadeira transformação do caráter, então perdeu o verdadeiro tesouro que ofereço. Não me perturbo. Aplico a isso o mesmo princípio da esmola.'

'Como assim?'

'Por que você dá esmolas?'

'Para ajudar alguém necessitado.'

'E se a pessoa usar para se embebedar?'

'Sou capaz de espancar. Se estiver perto de mim, volto lá e arranco a moeda das mãos dela. E nunca mais recebe de mim coisa alguma.'

'Então você não deu a esmola.'

'Claro que dei!"

'Não deu. Se desse, você não ficaria monitorando, conferindo e cobrando. Deu, deu, está acabado. *Consumatum est.* Mas você, na verdade, usa a sua esmola para controlar o outro. Esmola de verdade a gente dá e esquece que deu. Eu faço o mesmo com a minha filosofia de vida. Falo para quem quiser ouvir. Se a semente cair em terreno ruim, vai morrer. Paciência. Se cair em terreno bom, ela cresce, vira árvore, dá sombra, frutos, novas sementes. Mas nada disso depende de mim. Meu trabalho é atirar a semente. Ele termina quando acabo a história.'

"Deixei aflorar o velho sorriso de vendedor e perguntei, mais para tê-lo por perto do que realmente interessado na resposta: 'E como se obtém essa riqueza que você falou no começo da conversa?'.

"Ele apertou os lábios e acompanhei o seu olhar vagueando pelo mercado, como se abraçasse a multidão absorta em suas pequenas transações, picuinhas e fofocas. Eu tentava decifrar a estranha sensação de desconforto que suas palavras me causavam e pela primeira vez me dei conta de uma necessidade além da barriga cheia e de uma cama boa. Balancei a cabeça e afastei a ideia perigosa.

'A resposta é longa. Às vezes se leva a vida toda para entendê-la corretamente. Além disso, já está tarde e preciso voltar. Vou ficar por poucos dias na cidade. Venha viajar comigo e meus amigos. Deixe as contas por um tempo. Temos tanto a conversar e coisas a fazer juntos. Tenho estrelas a lhe dar. E o infinito.'

"A frase me soou pretensiosa, mas por alguma razão misteriosa, gostei de ouvi-la.

"Pela primeira vez, a mão de um desconhecido se estendia espontaneamente na minha direção não para pedir, mas para oferecer. O que exatamente ele oferecia, eu não sabia. Mas um pensamento divertido me ocorreu: os números nunca me haviam prometido estrelas. Era uma vantagem.

"Levantamos quase juntos.

'Tentador, mas não posso. Desculpe. Sou um ignorante. Como pode alguém que conta moedas todos os dias entender tais coisas?'

"Deu uma palmadinha amistosa nas minhas costas e acenou com a cabeça.

'Eu compreendo.'

"Caminhou alguns passos e se voltou. Sorriu ainda uma vez, mas as íris oscilavam entre a desolação e a compaixão. Mais compaixão, tenho certeza.

"Durante toda a noite pensei na proposta. Talvez fosse hora de sair pelo mundo, experimentando algo novo além do tangível. Imaginava longas conversas sob as estrelas, risadas compartilhadas, novas paisagens, inteira liberdade. Mas logo me arrependia e via a loucura da ideia. Não, não, minha mãe não merecia essa desfeita, nem o patrão. Não. Era um sonho louco.

"De manhã, tudo pareceu miragem. Logo eu estava de volta ao mercado, trabalhando sem lembrar do filósofo vadio que me queria mostrar o infinito. Saí mais cedo. Haveria um banquete na casa de um conhecido figurão da cidade, um freguês importante que encomendara nossos melhores vinhos para aquela noite.

"Vesti minha melhor roupa e cheguei à festa. Para minha surpresa, acomodado nas almofadas junto do anfitrião estava o filósofo da véspera. Usava as mesmas roupas puídas e parecia inteiramente à vontade em meio ao luxo.

"Mas que trapaceiro! E toda aquela conversa de verdade maior que o ouro? Esse vinho que ele bebe agora custa o meu salário de um mês!

"De onde estava, o desconhecido sorriu para mim e durante vários minutos me dediquei a observá-lo. Ali estavam os mesmos brilhos e sombras que agitaram suas íris no mercado. Nos outros convivas, notei menos alterações. Quase todos tinham no olho um fogo intenso, imutável, cor de mundo. Não tive tempo de analisar o grupo mais detalhadamente: um tumulto começou na entrada da casa e ouvi gritos. Uma voz feminina, mais aguda, se destacava.

"O dono da casa se levantou. Voltou acompanhado de uma jovem mulher, coberta de joias e vestes caras. Eu a reconheci de imediato. Miriam, uma das cortesãs mais célebres da cidade, amante dos ricos. Seus empregados diariamente percorriam o mercado em busca de vinhos, azeites, tâmaras e pérolas.

"Caminhava orgulhosa, com o queixo empinado. Ao passar por mim notei o vestido tingido com púrpura de Tiro, os véus de musselina a lhe cobrirem os cabelos e o tilintar dos pequenos guizos nos tornozelos. Não cumprimentou ninguém. Dirigiu-se ao filósofo e sentou-se diante dele. Durante vários minutos, fitaram-se sem dizer nada. Notei as oscilações de luz nas íris dele e as pupilas se contraindo e dilatando. Dela pouco vi – estava quase de costas pra mim e eu só lhe percebia o belo perfil. O que aconteceu em seguida seria comentado por toda a cidade durante anos.

"Lentamente e sem tirar os olhos dele, ela retirou, um a um, os anéis dos dedos. Em seguida o longo fio de pérolas que trazia no pescoço, os brincos e as pesadas pulseiras de ouro. Por fim, os enfeites que lhe prendiam os cabelos. Estes se lhe espalharam pelas costas e chegaram ao chão coberto de tapetes. Então estendeu a mão de dedos muito brancos e tocou os pés dele. O filósofo não ofereceu resistência. Ao contrário, juntou os dois pés à frente e a mulher curvou-se até encostar o rosto nos dedos cobertos de poeira. Esfregava delicadamente as bochechas, os lábios e os olhos nas costas dos pés maltratados, beijava-os. Todos ouvimos o soluço leve quando ela abriu o vidro de alabastro.

"Caro. Muito caro, contabilizei, mentalmente. Nas mãos em concha ela derramou o óleo dourado. Depois o esfregou nos pés do filósofo, nos tornozelos e entre os dedos dele. Observei fascinado as lágrimas que pingavam sobre a pele e se misturavam ao nardo.

'Toma tudo o que tenho. É teu', ela murmurou, com a voz embargada.

'Dê aos pobrezinhos', ele disse. Tomou o rosto dela entre as mãos e as íris de seus olhos fulguraram por vários minutos. Ela soluçou alto dessa vez. Curvou a cabeça e começou a enxugar os pés do homem desconhecido com seus longos cabelos negros. Durante vários minutos, todos observamos estupefatos a mais bela mulher da cidade passar os seus fios perfumados na pele de um homem pobre.

"Todo o restante da cena, juro que não lembro. Noite afora só pensei na capacidade extraordinária de arrecadar fortunas que identifiquei no filósofo vadio. Aquilo é poder, eu me dizia. A partir de então, o mercado, o meu futuro, tudo me pareceu menos brilhante que a vida ao lado daquele personagem ímpar.

"E, assim, depois de alguns dias, fiz arranjos para o conforto de minha consternada mãe e me juntei ao grupo que o acompanhava, indiferente aos apelos do velho patrão.

"O que vi naqueles muitos meses em que estivemos juntos foi extraordinário, mas ninguém soube a versão correta. Depois que morreu, ele se tornou lenda – e vocês sabem como funcionam as lendas e os boatos. Histórias foram contadas e recontadas, passaram de boca em boca. Um conto aqui, um ponto ali... Quando foi escrita, muito tempo havia se passado. Ele herói, eu vilão, como convém às boas histórias. Mas não vou aqui fazer autodefesa. Sou um miserável, isso é fato. Não mereço perdão. Eu rompi a barreira do tempo e me consagrei como o mais abjeto dos seres – o traidor. E isso a humanidade não respeita, embora haja muitos iguais a mim."

A narrativa foi interrompida por uma risadinha debochada. Encostado na parede, o homem com a cicatriz no rosto ria, enquanto empurrava a bochecha com a ponta da língua.

"É, somos muitos mesmo. Andamos por aí, como piolhos e baratas: universais e odiados. Amantes frustrados, aspirantes a escritores, atores invejosos, somos a multidão de pretendentes a ocupar o lugar no palco ou na cama em que o amigo reina. Dispostos a tudo para ganhar um naco extra no prato. Mais humano, impossível. Servidos?", e nos apontou o bule de chá.

Ninguém aceitou.

O narrador pigarreou e continuou.

II

"Após tantos meses, eu estava feliz por voltar à cidade que tanto amava. No primeiro dia, quando todos ainda dormiam, saí muito antes do amanhecer para repetir meu ritual favorito: o de vê-la acordar. Você já amou uma cidade a ponto de sentir que seu corpo se fundiu às suas ruas, seus becos e poços? A minha cidade desperta como as amantes saciadas. Primeiro há o azul, intenso, escuro. Depois, uma fenda de luz se abre no meio do céu, enchendo de róseos as retinas. Então surgem os alaranjados do cortejo do sol. Inspiro o ar um pouco mais para receber o frescor da manhã, que carrega o perfume das colinas distantes. Rangidos, chamados, bocejos, fogo crepitando, vendedores se preparando para o bazar, orações matinais, ruídos de pés a se arrastarem pelas pedras do chão. Acenam as oliveiras e as figueiras carregadas de frutos maduros.

"No mercado há o odor de peixes salgados trazidos pelos pescadores que já se foram e agora, muito longe, consertam as redes olhando o mar. E meu olhar se deita sobre os grandes cestos coloridos – amarelo de açafrão, verdes azeitonas, rubras uvas. Cestos de lentilha, de cebola, de trigo, de ovos para os ricos, de cominho e canela, de incenso e mostarda. Sinto na ponta dos dedos a textura dos grãos e dos tapetes, e na boca a doçura de romãs, damascos e mel.

"O sol ainda não está alto e o cheiro de pão recém-assado já me arrasta. Paro diante dos fornos, sentindo as nuvens de vapor carregadas com o aroma de grãos tostados e lenha queimada.

"Pelas janelas abertas entrevejo fragmentos de vida, queijo de cabra, azeite aquecido em panelas de barro, ervas frescas nas sopas borbulhantes, cabelos sendo trançados, choro e riso de crianças, preces.

"Trago Jerusalém na língua, nas narinas e retinas, alojada no ouvido e nas pontas dos dedos. Ela me entorpece, me mastiga e me esmaga, para logo em seguida me regurgitar novo em folha, tremendo de emoção, desorientado, sentindo a vida pulsar nas têmporas.

"Esta é a cidade viva, onde renasci sem precisar entrar de novo no útero de minha mãe. Ela sobrepôs a abundância à desolação. Onde o silêncio reinava, pôs bulício. Trocou a monotonia dos ocres e amarelos pelos arco-íris dos mercados. Uvas em lugar da dieta de gafanhotos.

"No deserto o tempo é sempre o mesmo. Nesta cidade, não. Ela se mostra a cada um de acordo com os seus desejos. Pode ser muito velha e pode ser recém-nascida. Aurora e entardecer, Alfa e Ômega.

"Mas me desculpem, eu me desviei do assunto. Acho que dizia que o meu filósofo nos arrastou de volta à cidade amada..."

Murmúrios concordaram. Examinei atentamente cada um dos ouvintes e em seis deles vi algo que deveria estar em mim igualmente: melancolia. Cada um de nós enxergava a própria terra, bebia seus vinhos, aspirava seus aromas, escutava seus ruídos. Estávamos em cidades diferentes e, ainda assim, na mesma cidade.

O leitor de microexpressões também deve ter notado, pois parou, apertando ligeiramente os olhos enquanto nos examinava. Aproximou-se do homem de capacete e colou os olhos nos buracos do escafandro. Ficou assim por alguns minutos e então se levantou com ar satisfeito.

"Você é igual a todos nós: devoto dos sentidos e escravo da memória", acomodou-se e prosseguiu.

"Quando voltamos à cidade, uma certa fama já atraía seguidores para o nosso filósofo. Eu dividia os que o seguiam em três categorias: os aflitos, os interesseiros e os sinceros. Quanto a nós, os que pertenciam ao seu grupo de amigos e viajavam com ele, posso dizer com honestidade que o amávamos, mas que tínhamos cá os nossos interesses miudinhos. Os outros eram meio tolos, meio brutos.

"Certa vez ouvi uma história de um viajante grego que me contou sua tese sobre o pinheiro-de-alepo, que ele chamava de *pitys*. Era um homem falastrão e de cara vermelha, cheio de teses sobre tudo, mas essa do pinheiro era boa. Posso até ouvi-lo dizendo: 'Têm pessoas que são como os *pitys*: precisam do fogo para abrir as sementes e brotar! Só quando passam por uma desgraça essas pessoas revelam o que andava adormecido dentro delas'.

"Desde que conheci meus companheiros de jornada com o filósofo, tive essa exata impressão sobre eles. Mas não me incomodavam aqueles coitados. Eram simples e mal enxergavam além do almoço do dia seguinte.

"Já o meu filósofo era de outra cepa. Penso que ele era amado porque transcendia o ordinário. Sem ser piegas, atravessava com facilidade a armadura de alguns corações. Particularmente, eu admirava seu domínio da antiga arte de contar histórias. Não exagerou quando me disse, naquele primeiro encontro, sobre sua capacidade de fazer dançarem as palavras. Eram seu brinquedo, a argila maleável na qual esculpia sonhos para os que só conheciam pesares. Simples na aparência, mas precisas, complexas, cheias de camadas de interpretação e de sabedoria. Ao terminar, deixava no ar promessas de esperança e de conforto – e elas me contagiaram. Ao mesmo tempo, era fiel à verdade em que acreditava. Por ela, reduziria a cinzas a grande procissão dos comerciantes da fé (mal sabia ele, coitado...). É necessário ter uma grande habilidade para subverter expectativas e condicionamentos consolidados, abrir olhos que estão confortavelmente fechados.

"*Habilidade,* eu disse? Melhor dizer *coragem.* Curiosamente, todos os motivos para amá-lo eram a exata razão pela qual era odiado. Digam-me: há perigo maior do que questionar a hipocrisia de líderes adorados, religiosos ou políticos? Não, não. Desperta-se uma ira que ultrapassa a razão e enche de sangue os olhos alheios.

"Se as críticas se limitassem ao comportamento dos poderosos, provavelmente o meu filósofo teria chegado à velhice, mas ele foi imprudente. Suas palavras atingiam a estrutura fundamental de uma sociedade muito ciosa de seus valores. Foi assim que ele se tornou uma ameaça real, uma força de transformação que ainda nem poderia ser chamada de vigorosa, mas estava visível o suficiente para incomodar. Os devotos do poder temem até os minúsculos cupins que podem abalar as colunas das instituições e crenças que os sustentam.

"Ele perturbava não só porque se recusava ao conformismo, mas também porque as almas entronizadas se proclamavam íntimas de Deus, únicas intérpretes das suas vontades. Em público, lavavam a boca ao falar o nome d'Ele; em particular, seus lábios tinham vermes – e meu filósofo ousava dizer isso em voz alta. A ele pouco importava o poder, mas a verdade. E esta, repito, tem preço alto.

"Mal voltamos a Jerusalém e um emissário de um desses beneficiários da ordem existente me abordou enquanto eu comprava peixes no mercado. Nada permanece oculto naquela santa cidade. Àquela altura o sacerdote já sabia da minha história e do meu apreço pelo dinheiro, o que preenche o vazio no estômago.

"Fui, tarde da noite, ao encontro dele, em segredo, como me pediram. No pátio do templo, vários homens esperavam, rostos velados. Um deles tomou à frente e me abordou com voz grave e medida.

'Disseram que tens algo de grande valor para nós'

'Eu, senhor?", meu espanto era genuíno.

'Algo que pode trazer paz a esta cidade tumultuada. Aquele agitador, teu amigo, estamos procurando por ele.'

'Para quê?', recolhi rapidamente a advertência da cautela.

'Assuntos nossos.'

'É meu amigo.'

'Eu sei.'

'Não se trai um amigo.'

'Depende. Quanto vale um homem?'

"Dei meia volta e saí, decidido a esquecer o assunto.

"Mas a mente humana é uma serpente ardilosa. A proposta me rondava e logo um plano ousado passou a me seduzir. Dei vazão ao que acalentara secretamente por dois anos. Meu filósofo era um idealista, isso ninguém discutia. Estava satisfeito com os que lhe ouviam. Nada exigia. Mas eu andava incomodado há algum tempo. De fato, não havíamos progredido muito. Os seguidores aumentavam, é verdade, e a fama dele se espalhava, mas tudo ocorria lentamente. Eu tinha pressa e, admito, já estava um tanto cansado daquela peregrinação constante, dos pés feridos, de contar com a caridade alheia. Chegara a hora de instalar aquele mundo de justiça do qual ele nos falava. Nós faríamos a revolução e esmagaríamos os que nos oprimiam. Eu estava confiante. Não o havia visto fazer maravilhas difíceis de ser descritas? Não testemunhara a carne se reconstruindo em um corpo apodrecido? Olhos mortos reviverem para a luz? Sim, ele me mostrara estrelas que jamais imaginei existirem e os desdobramentos do infinito – e eu não queria ocultar isso do restante do mundo. Sentia uma necessidade de proclamar todas as maravilhas, de ver nascer um tempo em que seriam abatidos os hipócritas, os maus punidos e restaurada a Lei, assim, com letra maiúscula, a Lei moral que vive em nós, que sacode a consciência. E mais: ele não havia dito que tínhamos uma missão juntos? E que minha vontade deveria ser feita? Eu haveria de ser a força que o empurraria para o palco do mundo, eu criaria a ocasião para que todos o reconhecessem. Ah, mente traidora; ah, orgulho envenenador; ah, cegueira estúpida.

"Voltei ao templo dois dias antes da Páscoa. Fitei o sacerdote sem titubear.

"Eu desprezava aquele homem orgulhoso que me olhava com desdém mal camuflado. Meu filósofo o humilharia, e eu pisotearia aquela altivez, e a esmagaria contra as pedras de Jerusalém. Ele permanecia de pé, com um meio sorriso cínico. Desta vez estava sozinho e com o rosto descoberto.

'Já sabe quanto vale um homem?'

'Trinta *kesef*... Não é o preço de um escravo?'. Não poderia ser uma soma muito grande nem pequena demais, eu calculara antes.

'Espere aqui.'

"Desapareceu nas sombras e logo voltou com uma pequena bolsa. Conferi.

"Atrás dele vieram os outros, rostos impassíveis. Mas sou bom em ler microexpressões, lembram? Vi o interesse aceso em seus olhos. Não me enganavam.

'Onde ele está?', perguntou um deles.

'Sei onde ele estará esta noite.'

'Onde?'

"Eu disse.

'Como saberemos se é ele mesmo?'

"Eu disse.

"Desci para o mercado. Era 14 de Nisã e eu tinha de comprar comida para a ceia da Páscoa. Não usei as moedas prateadas. Haveria de devolvê-las àqueles boçais após o meu triunfo. Minha mãe veio cozinhar. Preparamos tudo juntos. O jantar ficou pronto bem antes do previsto. Logo chegaram os outros, animados, sorridentes, famintos. Farejavam a mesa alegremente, encantados com a fartura. Sentamos todos. Apenas ele parecia mais calado. Teria desconfiado de algo? Alguém teria me visto?

"Eu mesmo servi a comida. Os demais riam de contentamento. Há semanas não tínhamos uma comida decente e agora – graças à minha mãe – estávamos diante de um banquete. Faziam caretas com as ervas amargas, lambiam os beiços de olho na mistura doce de frutas secas, nozes e vinho, e gemeram quando o cordeiro assado chegou ao centro da mesa.

'Arrumem espaço para os ovos cozidos!'

'Quem quer mais vinho?'

'Esquecemos o pão no formo! Alguém pode pegar?'

"Em meio à algazarra, ele permanecia quieto, fazendo bolinhas com farelo de pão e as comendo distraidamente. Rasguei uma grande fatia de pão, molhei no vinagre e entreguei a ele, alegremente.

'Ânimo! Talvez hoje seja o dia em que tudo vai mudar para esse nosso povo que sofre.'

"Ele levantou a cabeça e por vários segundos nos olhamos intensamente. Segundos eu disse? Pareceram horas, nas quais vi a pupila dele se dilatando e contraindo, as íris despejando avisos, recados, advertências, conselhos. Ele sorriu, por fim. Dei-lhe o pão embebido em vinagre.

'*Matzá*!', eu disse, 'coma enquanto está quente!'

"Ele hesitou um pouco, mas aceitou. Não fez careta como os outros. Mastigou devagar e engoliu. Depois passou a língua nos lábios e eu, rindo, limpei um farelo que lhe havia ficado preso na barba.

"Foi um jantar feliz. Não se falou de coisas tristes ou solenes, como disseram depois.

"Depois da ceia, fomos até o bosque. Ele caminhava devagar, mais calado que de costume. Na estrada, noite sem lua, apontei para as sete estrelas da Ursa Maior.

'Ash...', murmurei, olhando para o céu.

‘Quem criou estas coisas? Aquele que faz sair o seu exército de estrelas e a todas chama pelo nome.’

‘Duas letras separam um profeta de um poeta’, respondi bem-humorado.

‘Você me parece mais alegre esta noite’, ele disse, meio displicente.

‘Talvez por causa da boa ceia, sinto que hoje posso mudar o mundo, corrigir injustiças, desmascarar os farsantes, encher de comida o prato dos miseráveis. Você sabe, aquele mundo justo que você me garante que virá’, pisquei pra ele.

‘Podes atar os laços das Plêiades ou desatar as cordas de Órion?’, murmurou antes de se afastar.

“Essas palavras me voltaram à mente quando o vi pregado naquele pedaço de madeira, com o suor escorrendo pela testa, pés e mãos empapados de sangue. Metade da minha mente gritava horrorizada e a outra me dizia para aguardar mais um pouco. Ele haveria de descer de lá. Era esse o plano.

“Por que ele não cumpria a sua parte? A tarde estava quente e abafada. Eu estava um pouco tonto, de ansiedade e de pavor.

“Na noite anterior, oculto nas sombras, acompanhei a sessão de tortura e minha mente, angustiada para se proteger, criou narrativas para tudo o que vi. Essa parte tola e confiante de mim se refugiou em uma sala na qual se recusava a ver o chicote da realidade arrancar pedaços de carne. Quando o vi passar, vergado, a caminho da crucificação e vomitei, com as mãos apoiadas na parede de pedra, foi ela quem me asserenou, dizendo que ele tinha poder suficiente para curar os corpos e retirar dores. Certamente está fazendo isso agora mesmo, ela me dizia, a mente enganadora. E eu desesperadamente acreditava. Era preciso.

"Durante aquelas horas torturantes, aguardei o momento do triunfo, respirando curto, o coração disparado. Ele se revelaria. Em meio à multidão que o assistia morrer, tentei pensar no que impele alguém a presenciar uma execução.

"Olhos vidrados, comentários vis e risos de impiedade – ali estava o impulso humano primitivo, bárbaro, que debocha de toda a vida e se imagina no controle de alguma justiça. Eu os desprezei. No meio deles identifiquei muitos que uma semana antes o ouviam com os olhos brilhantes e estendiam palmas verdes para que seus pés não tocassem o chão.

"Chegava a hora nona e meu espírito se despedaçava, vendo se tornar pó o que restava da minha ingênua esperança. Os fragmentos se soltavam devagar e saltavam em um grande abismo – uma bocarra que se abria diante de mim, monstruosa, devoradora.

"Ele abriu os lábios ressecados e dei alguns passos. Postado bem próximo aos soldados romanos, podia vê-lo e ser visto. Toda a minha esperança se reuniu em torno daquele movimento. Não respirei até que o som chegasse aos meus ouvidos.

"Então ouvi o salmo:

'Meu Deus, meu Deus, por que me abandonaste?

"O que era aquilo? Minha mente cega e tola se apressou a me dizer que o poema de David inicia com sofrimento e abandono, mas se converte em confiança e redenção. Talvez seja este o momento em que tudo mudará, eu me repetia.

"Juntei os fios da minha esperança e, com lágrimas de medo vazando dos olhos, murmurei o restante da prece do rei-poeta:

'Como água me derramei, e todos os meus ossos se desconjuntaram; o meu coração é como cera, derreteu-se no meio das minhas entranhas...'

"Ansioso, procurei as íris dele, mas meu amigo, meu filósofo, olhava para a mulher que tinha impresso no rosto o absoluto horror de contemplar um filho que morre. E nelas brilhava uma tênue promessa de consolação e – com que arrepio lhes digo isso – uma despedida.

"Então voltou os olhos para mim e lhe ouvi a voz ainda uma vez.

'Está terminado.'

"O grande sol negro foi se apagando e o último brilho de seus raios dourados foi oferecido a mim. A mim apenas. Um clarão ligeiro me beijou o rosto com o seu perdão e me segredou que na grande noite da alma todos estaremos inescapavelmente sozinhos. Inclinou a cabeça, como um passarinho molhado que se aninha em seu próprio corpo.

"Fiquei por alguns segundos paralisado, suspenso entre a incredulidade e o medo. Eis a realidade, afinal. Crua, perversa, avassaladora, sem véus. Não consegui encará-la. Fechei os olhos. Um choro de animal ferido me despertou do transe. A mãe, pensei, com os olhos arregalados que agora viam claramente o derretimento absoluto do meu desejo de viver. O som da voz se quebrando naquele corpo amado desfez o sentido da vida como sal depositado na água. *Está terminado.*

"Caminhei atordoado, gritando contra os céus, maldizendo o meu orgulho destrutivo. Por acaso minhas mãos tocaram a bolsa das moedas e a repulsa me fez vomitar novamente. Levei tudo aos príncipes. Receberam-me com um sorriso velhaco, mas seu desprezo já não me atingia. Eu estava oco.

'Fala depressa. O dia termina e há o *shabat*.'

'Tomem o dinheiro. Não o quero.'

'Devolver? E por que farias isso?', perguntou o sacerdote, com uma curiosidade tanto cínica quanto pragmática.

'Eu me enganei e isso me custou tudo o que tinha', disse, estendendo a pequena bolsa.

"Eles não se impressionaram:

'Que nos importa? Isso é contigo'.

"Não tocaram na sacola. Permaneceram de pé, com os queixos erguidos, a me olhar como se eu fosse um animal exótico e estúpido.

'É dinheiro de sangue. Não podemos usar nem no cofre das ofertas', disseram por fim.

'Que me importa? Isso é com vocês.'

"Atirei as moedas no chão. Algumas rolaram pelas pedras.

"Antes de cruzar a porta, dei meia volta e os encarei pela última vez.

'O sangue não está grudado nesses pedaços de prata. E não há água do céu ou da terra que o lave. *Lo tirtzach*, não matarás, como sabem...'

"Na rua havia um perfume de hissopo e o ar abafado do entardecer.

"A grande noite da alma se aproximava e eu estava absolutamente sozinho.

III

"Surgiram as primeiras estrelas. Jerusalém silenciou, o fogo se apagou, as ruas se esvaziaram. O *shabat* nunca me pareceu tão apropriado em sua quietude.

"Sentei na calçada, com a cabeça entre as mãos, planejando o caminho que me parecia o único, meu peito subindo e descendo ao ritmo da minha tragédia. Mas, de repente, a esperança, essa obstinada, me sussurrou uma nova ideia. A respiração foi se acalmando e uma luz brilhou novamente para mim. Claro, por que não pensei nisso? Eu precisava tomar providências – e rápido! Suspirei de alívio e fui ao mercado. Forcei a porta e retirei da pequena loja o que precisava.

"Segui até o campo dos mortos. No caminho, vi as *shoshanas* e os lírios balançando nos caules. Colhi alguns. Quando atravessei o jardim deserto, o vento agitava os galhos das oliveiras. Minha memória foi inundada pelo instante em que meus lábios tocaram a pele gelada do rosto dele, um dia antes. Eu havia afastado a cabeça, esperando ver cintilar as íris, mas encontrei a sombra de uma dor que me atravessou. Entendi que se debatia contra a minha ideia. Ele sabia! Com as duas mãos, segurei-o pelo pescoço e encostei a testa na dele, murmurando:

'Confia em mim, pois que te amo. Chegou a hora de mostrar a todos o infinito, as estrelas e a verdade'.

"Não teve tempo de responder. Vieram os guardas e o tumulto se estabeleceu.

"Enquanto caminhava sozinho, rememorando cada instante da véspera, notei se fortalecendo no peito a razão primordial da minha queda: a esperança cega. Ele não estava morto. Estaria sentado naquela rocha escavada há pouco tempo, aguardando que eu chegasse. Ele sabia fazer os corpos reviverem.

"Os devaneios me assaltavam e eu os deixava me tomar, sem resistência. Logo estaríamos de novo percorrendo os longos caminhos – ele, meio sozinho, mesmo quando estava rodeado de outros. Sorri ao lembrar como usava o chicote da língua contra charlatães e arrogantes. Zombava de suas manipulações com gosto, provocando-os até o limite. Eu costumava acompanhar essas cenas com prazer, mal contendo o riso. Depois nos sentávamos diante do mar da Galileia e comíamos peixes frescos, enquanto as velhas serpentes se mordiam e mergulhavam a cabeça em seus ritos embolorados.

"Ele também me amou. Isso eu sei. De vez em quando notava que os olhos dele ficavam fixos nos meus, as íris em torno do sol negro contando histórias e sonhos de um mundo novo, justo e bom, um quase flerte com a fantasia. Juntos cultivamos uma flor de amor divina, cercada dos espinhos da realidade, hoje eu sei.

"A Lua surgiu no horizonte no exato momento em que avistei o lugar em que o depositaram. Acendi o fogo da candeia – eu já não respeitava o *shabat*. Toda a minha fé se concentrava nele. Encontrei-o, quieto na sua solidão definitiva. Tomei-o no colo, como um filhotinho abatido. As mãos caíram, um pouco moles.

"Comecei a limpar a testa, conversando baixinho.

'Sou eu, *Rabbi*. Já podes acordar. Estou aqui.'

'Vamos, sei que estás apenas dormindo.'

'Olha, te trouxe *shoshanas* e aquelas florezinhas silvestres da tua história.'

'*Rabboni*, não me deixes aqui, sozinho. A noite é longa e está fria.'

'Estás me assustando. Vou te ajudar. Trouxe cânfora para passar nos teus braços. Estão frios. Vou passar também aqui perto do nariz. Ah, e trouxe um cobertor. Deixa-me te cobrir com ele, esse lençol é tão fino...'

"Eu o cobri e fiquei por algum tempo sentado, ouvindo os grilos.

'Mestre, mestrezinho meu, não te demores, eu te imploro. A madrugada já chega. Passa da hora de mostrares à minha amada Jerusalém as estrelas que só eu vi.'

'Estás zangado, agora percebo, porque eu não te contei sobre o meu plano. Mas, olha, sabes que não fiz por mal, não é? Sabes que te quero bem.'

'Queres que peça desculpas? Eu peço. Por favor, me perdoa. Olha, se quiseres fico até de joelhos. E prometo te servir e te obedecer até o fim dos meus dias.'

'*Rabboni*, isso já está ficando perigoso. Daqui a pouco vão chegar os soldados romanos e sabes que eles não guardam o sábado. Além disso, tu estás fraco. Vais ter dificuldade para sair depressa deste lugar.'

'Sei que queres punir a minha arrogância, mas a agonia está me afogando. Peço-te, pela Torá que tanto amas, abre agora os teus olhos e me faz feliz.'

'Eu sei que estás brincando comigo, mas precisas parar com isso. Estou ficando zangado. Não, não, estou preocupado...'

'Onde estás, hein? Certamente vagando por outros mundos, a dizer aos anjos coisas que encantariam apenas aos homens. Volta logo, os anjos não precisam de ti.'

'Olha, tive uma ideia bonita antes de vir para cá. Sabes o que te trouxe para celebrar teu novo nascimento? Os presentes que te deram ao nascer. Olha, olha como são bonitos. Vou arrumá-los bem aqui, para que possas vê-los assim que abrires esses teus olhos tão doces. Vamos, não és assim. Não és de vinganças. Não me punas desse jeito.'

'Ouviste? Um passarinho piou. Logo, logo vai amanhecer e estaremos à mercê dos soldados romanos. Sente o perfume do olíbano que eu te trouxe. É dos melhores. E da mirra! Não tenho tanto ouro quanto aquele rei estrangeiro, mas ponho no teu dedo este anel que foi de meu pai. É a única coisa de valor que tenho. Mas acorda, por favor. Eu te imploro. Levanta pelo amor de Deus.'

"Mas ao pegar suas mãos frias, já não consegui mover-lhe o braço. A tola esperança ainda tentou um último golpe e me segredou que Lázaro já até cheirava mal quando foi ressuscitado e saiu do túmulo cambaleando. Mas dessa vez eu a empurrei.

"Bem devagar, como quem coloca um filhinho no berço, eu o depositei na pedra fria e dei-lhe um beijo na testa. Arrumei-lhe os cabelos ao redor do rosto e o cobri até o queixo com o cobertor, sentindo na minha nuca se avolumar algo indizível.

"A ausência dele se materializou naquele lugar abandonado, árido. Na rocha recém-cavada enfrentei afinal a minha verdade, tão monstruosa. Eis-me, não herói abatido, mas um tolo orgulhoso. Despedi-me dele sentindo o peito se abrir devagar para recolher a dor lancinante de uma saudade crua e de um arrependimento voraz. Quis chorar, mas em meio àquela dor sem nome, já não pude. A bocarra me engoliu e jamais me cuspirá os ossos."

IV

"Como se vive após um erro trágico? Na caverna descobri que aqueles gregos sabidos tinham razão. Desafiar os deuses é perigoso. E eu era o assassino de um deles. Condenado a ser amaldiçoado pelas gerações seguintes, sinônimo do mal, criatura asquerosa, alvo de todos os ódios.

"Sob a árvore, enrolei a corda entre os dedos, saboreando minha última tarde em Jerusalém, a cidade que matava seus profetas, irmã gêmea de Atenas que assassinou filósofos.

"Pela primeira vez, as escamas caíram dos meus olhos cegos e vi a cidade em sua completude. Não apenas calçadas, telhados, pratos fumegantes e especiarias, mas os porões, os mendigos, os leprosos, as viúvas esquálidas, as mulheres com hematomas nas bochechas, os moleques de umbigo saltado, os estrangeiros bêbados, as prostitutas cansadas dos soldados romanos, os publicanos andando sem levantar o rosto. Percebi que amava essa Jerusalém intoxicada de desejos e medos, de beijos tomados num beco escuro, de acasalamentos impuros, de unhas cravadas nas palmas das mãos. Desse corpo sujo e não essencial, que não deve ser recordado, eu agora fazia parte. À outra Jerusalém, a limpa, eu já não pertencia.

"Fiquei lá sentado, recolhendo no meu peito fraturado a cidade marginal que eu jamais havia desejado amar, vendo o sol morrer comigo. Estava pronto. Teria de ser antes do pôr-do-sol, pois eu queria violar mais uma vez a santidade do sábado. Minha revolta contra os céus não mais tinha qualquer limite. Meu coração era de gelo.

'*Hineni*, eis-me aqui', balbuciei antes de tudo escurecer. Era mais uma provocação de criança frustrada."

V

"Imaginei que haveria só o vazio, mas logo me vi preso a uma armadilha fatal. Revivia noite e dia toda a sequência do meu equívoco, mesmo depois dos abutres me comerem as vísceras, mesmo quando me tornei pó. As moedas, o beijo, a cruz, a mãe, o salmo, a cabeça inclinada como a de um passarinho molhado e a mudez na rocha recém-cavada. Meu desespero era tentar evitar que tudo acontecesse novamente. A vingança divina fez de mim um novo Prometeu. Não, não provoque os deuses. Eles sempre têm uma carta na manga.

"Do meu deus particular, o último milagre foi me fazer testemunhar a Terra inteira me maldizer. Séculos repetindo cada cena da minha tragédia e simultaneamente assistindo ao desenrolar dos acontecimentos no mundo. Mudaram as cidades, gerações passaram, o mundo se refez e meu pobre filósofo – vejam só – tornou-se mercadoria nas mãos dos mesmos comerciantes da fé que ele abominava. Também ele foi castigado. Só eu permaneci o mesmo, ano após ano.

"Que me julguem, pois. Que seja feita a vontade de todos vós, puríssimas almas sem pecado. Julguem-me infiéis, patifes, ordinários, ladrões, corruptos, adúlteros, assassinos, preguiçosos, mentirosos, trapaceiros, golpistas, invejosos, ciumentos, mesquinhos, covardes, maledicentes, fofoqueiros, egoístas. Julguem-me. Deixem-me carregar as suas grandes dores, seus pesos e suas vergonhas, suas miudezas e culpas. Eu, peão neste jogo cósmico, pouco me importo."

Calou-se o homem. E nós que o ouvíamos, nos sentíamos esgotados, como se tivéssemos atravessado os milênios com sua figura atormentada.

Inpu, então, se aproximou dele, oferecendo uma xícara de chá.

"Que chá é esse?"

"*Pu-Erh*. Caro. Muito caro."

De repente, voltou-se:

"Afinal, você descobriu quanto vale um homem?"

Ele levantou a cabeça, um pouco atordoado, claramente julgando deslocada a pergunta. Franziu as sobrancelhas, e, por fim, respondeu secamente, enquanto pegava a bebida:

"Não se pode precificar o infinito."

E levou a xícara aos lábios.

Eu me encolhi na cadeira, ouvindo a chuva apagar vestígios, como quem deseja reescrever a memória.

UM POTE DE DELÍCIAS –
A COZINHA E O LIVRO –
UM CORPO VIOLADO –
RELÓGIOS DE ÁGUA –
ATÉ QUE MORRAM OS CÃES

CAPÍTULO 11

CLEPSIDRA

DURANTE muito tempo nada se disse. Não poderíamos. Parecia profanação. Somente quando nos mostramos mais recuperados, eu disse, em voz baixa, temendo quebrar a solenidade que se estabelecera entre nós:

"Inpu, acho que todos já falaram. Resta apenas eu."

"Não. Ainda não está na sua hora", o dono da funerária respondeu. "Há uma última história, mas outra pessoa vai contá-la".

Aproximou-se do cadáver e chamou com voz doce:

"Cecilia, está na hora".

A mulher morta abriu os olhos e, ajudada por Aletheia, sentou-se na mesa, com os tornozelos cruzados. O vestido rendado flutuava em torno das pernas e a grinalda de flores lhe caía encantadoramente bem.

Com voz calma, começou a narrar sua história. E nenhum de nós pareceu estranhar que a morta pudesse falar. Já havíamos ouvido coisas demais.

Quando ela iniciou, não tivemos coragem de interrompê-la, até porque falava olhando diretamente para Inpu, só para ele, como se não nos enxergasse.

"Todos os meus prazeres e as minhas mais sombrias horas nasceram nesta mesa em que agora me deitam, Senhor.

"Eu nem sabia de mim e já estava sob suas tábuas, a aguardar que me dessem migalhas na boca. As mãos engordurada de Gertrude me estendiam pedaços de frango, que eu abocanhava com dentes de leite, chupando-lhe os dedos, querendo mais. A cozinheira puxava a mão rapidamente e me descia um tapa certeiro na cabeça.

'*Ocê* tá muito confiada, filhote de ariranha!'

"Eu me encolhia, a cara suja de fuligem, os dedos sujos de terra, esperando pelo próximo surto de caridade. Eu e os cachorros, disputando restos.

"Aos seis anos já carregava baldes para o banho da senhora e para ferver a água de beber.

"Despejava a água ainda morna no pote, deliciada com o cheiro do barro úmido.

"Eu queria comer aquele pote. Quando ninguém via, cheirava-o e cravava nele a boca, sugando devagar a umidade. O cheiro era inebriante. Parei no dia em que a Gildinha me flagrou agarrada ao pote e jurou para a patroa que eu estava fazendo saliência na cozinha.

"Sete dias de castigo, rezando Ave-Marias e tentando entender as palavras do padre Luiz para Dona Eulália: 'A lubricidade alcança até as almas mais puras. Mesmo os inocentes se tornam lascivos quando o demônio os tenta. Um pouco de jejum e oração resolverá o caso.'

"*Um pouco* era expressão que a patroa e Gertrude não compreendiam muito bem. Uma semana a pão e água, duas vezes ao dia. O estômago rugia e a cabeça doía.

"De propósito, tenho certeza, Gertrude cozinhou coisas que cheiravam e me entonteciam. As carnes pingavam gordura sobre as brasas, os tachos de doce de goiaba pareciam a própria mão divina a me esmagar, pobre pecadora que ousara colar a boca no pote das delícias.

"Eu me retorcia, os olhos vidrados nas coxas de frango que Gertrude comia, fazendo barulho, mastigando alto nervos e peles, esticando-os boca afora até rebentarem e ela os empurrar para dentro com a ponta dos dedos. No meu coração o ódio subia como leite no tacho, derramava-se de desejos que se alternavam.

"Queria que Gertrude, Gildinha, a patroa e padre Luiz morressem engasgados, tossindo pedaços de galinha, sufocados com a farofa dourada, afogados em leite com baunilha. Arre, gente ruim demora a morrer!

"Se meu ódio criava mortes horríveis para os meus torturadores, o amor também me fazia escrava. A saliva pingava da minha boca aberta perante o feijão coalhado de carnes, os pães assando no forno, a faca deslizando sobre as linguiças. Já falei que adoro linguiças? Adoro, acho fascinante aquele sangue todo misturado a gorduras e carnes, comprimidos num pedaço de intestino.

"No silêncio da madrugada daquela semana de punição, roída de fome, eu me esgueirava pela cozinha, pronta a lamber panelas sujas, a comer restos na lixeira. Nada. Gertrude nunca deixara tudo tão limpo. Os mantimentos trancados a cadeado. E eu voltava, rabo entre as pernas, para o meu canto e me punha a tentar dormir entre a dor de cabeça e a barriga a roncar.

"O castigo chegou ao fim. A patroa o anunciou com uma preleção sobre a pureza e os cuidados para se evitar a tentação dos demônios. Eu nem ouvia. Pensava apenas que a hora do almoço estava próxima. Imaginava-me enchendo o buraco do estômago, antecipava os dentes a triturar vegetais e carnes e, lentamente, sentir os bolos de alimentos misturados descerem até o bucho, estufando-o devagar, esticando a pele do ventre. Ah, eu comeria à farta.

"Na hora da mesa, mal me continha, pois os olhos cravados em mim me diziam que a plateia esperava pelo espetáculo do bicho faminto a estraçalhar a presa. Não os decepcionei. Mal os mais velhos se serviram, ataquei com gosto a panela, lambendo dos beiços o filete de saliva que escorria.

"Enchi o prato com conchas e mais conchas de feijão, cobrindo-o com a montanha de arroz e as carnes do cozido. 'Que esganada!', soou uma voz longínqua. Não dei atenção. Nem havia ainda sentado e a boca já estava cheia de comida. Engoli sem mastigar, sem me dar conta de que as papilas queimavam.

"Demorou algum tempo para eu notar que haviam desaparecido da mesa as carnes suculentas da semana anterior, os temperos atraentes, as farofas crocantes. Em seu lugar, um feijãozinho mequetrefe, quase sem gosto, acompanhado de umas carnes ressecadas, insossas e de um arroz branco ligeiramente empapado.

"O risinho contido dos comensais me segredou que a punição pode ser ostensiva ou sutil – e que se estende além do prazo oficial. Não dei bola: eu queria a comida pesando na barriga. Eu comeria calango, olho de búfalo e lagarto seco se me oferecessem. Enchi o prato mais duas vezes, enquanto vozes longínquas diziam coisas sobre gente que parecia bicho à mesa.

"O restante da minha infância foi um repetir mais ou menos monótono de surras de galho de goiabeira, tapas na cabeça e zombarias. Nos intervalos, aprendi a lavar, passar, cozinhar. Ler, não, que isso não era para mim – diziam. Cabeça rude."

II

"Pobre sem pai e mãe está destinado a ser salvação de roupa velha e redenção de almas culpadas. A senhora se sentia regozijada quando me dava algo – geralmente puído, manchado, rasgado ou quebrado – para que eu fosse feliz. Eu não sentia nada. Juntava o novo trapo aos antigos e o vestia.

"Diferente só foi quando Dona Eulália insistiu que eu fizesse a Primeira Comunhão. Ensinaram-me o catecismo, sem qualquer paciência. Entre gritos e tapas, decorei uns episódios que me pareciam sem sentido e os nomes dos personagens de histórias que tinham ocorrido há muito tempo em lugares que eu não atinava onde ficavam.

"Aos poucos passei a me sentir mais familiarizada com os nomes e os lugares. Imaginava Saul e Davi moradores dos arredores da fazenda e que Cafarnaum e Jericó eram cidades vizinhas. Padre Luiz riu quando perguntei se Jerusalém ficava perto de São Paulo, cidade enorme, onde diziam ter acontecido coisas muito importantes.

"Um mês antes da cerimônia, chamaram-me até a sala e, com uma fita métrica, tomaram as minhas medidas. Alguns dias mais tarde fizeram-me vir, de banho tomado, para experimentar a roupa que usaria no dia da primeira eucaristia.

"Havia pertencido a Catarina, a filha mais velha da patroa. D. Eulália tinha chorado por meses quando a menina morreu, aos dez anos. Queria enterrá-la com o vestido rendado que mandara fazer para a primeira comunhão, mas a roupa não mais cabia. Tentaram forçar e o vestido rasgou um pouco. Enquanto mexiam no cadáver, um filete de líquido amarelo escapou da boca cinzenta da Catarina e caiu sobre o peitilho bordado do vestido. A marca ainda estava lá, apesar dos esforços da Luzia para removê-la.

"A mancha ocre impediu que as outras filhas e as sobrinhas da patroa o vestissem. Superstições, medos e... nojo.

"Dá-lo a mim, entretanto, era coisa muito bonita. Onde já se viu uma caboclinha de pé no chão usando um vestido caro, comprado na cidade? Coisa de almas nobres, gente caridosa.

"Vestiram-me com a roupa da menina morta. A nuvem de cetim e renda me envolveu junto com um leve cheiro de naftalina.

"Haviam consertado os rasgos e ajustado um pouco para adequar à minha magreza. Ainda assim, estava folgado e eu pisava na barra. Dola dobrou a parte de baixo do vestido e a marcou com alfinetes. Fez o mesmo na cintura e, com as mãos nas minhas costas, me empurrou levemente até a sala, onde a patroa me aguardava.

"Ao me ver entrar, Dona Eulália levou o lenço à boca e baixou a cabeça. Soluçava. Fiquei aterrorizada. De olhos arregalados, aguardei o castigo que não veio. As empregadas olhavam para a senhora com uns olhos úmidos de compreensão e solidariedade. Gertrude ensaiou, em duas ocasiões, tocar-lhe os ombros. Recuou e deixou as mãos caírem ao lado do corpo, imprestáveis.

"A patroa, de olhos vermelhos, balançou a cabeça em sinal de aprovação. Retirou-se devagar e não foi vista até o dia seguinte.

"Num domingo de maio, acordaram-me muito cedo para a missa da minha primeira comunhão. Gertrude supervisionou o banho e me esfregou as orelhas até ficarem vermelhas.

'Passa mais sabão nesse pé, sua capivara. O que o padre Luiz vai pensar da gente se tu aparecer com a prancha imunda desse jeito?'

"Dola e Luzia passaram sabão de coco nos meus cabelos e depois o pentearam, arrancando-me gritos e lágrimas. Puseram uma fita branca na ponta da trança e me fizeram calçar uns sapatos, também brancos, que feriam meus dedos e calcanhares.

"Fui levada até a patroa. D. Eulália, muito emocionada, me deu um presente. A primeira coisa realmente nova que ganhei. A mantilha branca, toda rendada, era uma beleza. Igual à de Nossa Senhora no quadro pendurado no quarto das rezas.

"Naquele dia fui de carro para a igreja, junto com Dona Eulália, o patrão e os meninos deles. Parecia da família. Pela primeira vez reparei como as cantigas eram bonitas. Os santos, com seus olhinhos de vidro, me sorriam dos altares. Meu coração batia forte e eu tinha vontade de rir.

"Padre Luiz me estendeu a hóstia. Eu a senti colando na minha língua. Baixei a cabeça e fui até o banco. Ajoelhei e uni as mãos, como faziam todas as pessoas depois de comungar. O corpo de Jesus grudou-me no céu da boca e eu tinha medo de não conseguir engoli-lo. 'Não pode mastigar!', haviam dito todos.

"E se eu engasgasse? Talvez Jesus não fosse fácil de engolir porque eu ainda pecasse, pois pensava naquele pote úmido. Não falei do pote ao padre Luiz na confissão da véspera. Nem ele perguntou. Falei dos meus pensamentos de raiva, de ter desobedecido aos mais velhos e de ter roubado doce de leite. Ele me deu dez Ave-Marias e um Pai-Nosso como penitência.

"A hóstia amoleceu na boca e a engoli com cuidado, com um sentimento de puro alívio. Na minha primeira comunhão eu imaginava a hóstia se alojando no meu coração, mas perdi a chance. Concentrei todos os meus esforços em deglutição e espiadelas furtivas para verificar se alguém havia notado minha dificuldade eucarística.

"O almoço de domingo foi farto. Aqui mesmo, nesta mesa. Nada me negaram. Da galinhada aos bolos com café, comi de tudo e repeti, sob o olhar risonho de D. Eulália. O vestido eu guardei no baú que me servia de armário. Dola me deu uma folha de papel pardo e eu o enrolei cuidadosamente. Com ele iria à missa todos os domingos. A mantilha, meu tesouro, ficava por cima, coberta pelo papel celofane em que viera embrulhada. Passei a usá-la todos os dias para ir até o oratório da casa.

"Dona Eulália rezava sempre às seis horas da tarde, quando os sinos da igreja anunciavam o Ângelus. A reza pouco me interessava, mas eu queria aquelas vestes finas me tocando a pele, a delicadeza da renda caindo, suave, sobre meus ombros. A beleza faz brotar coisas escondidas na alma da gente.

"Durou pouco. Gertrude pediu a mantilha emprestada para a Julia, sua menina, fazer a primeira comunhão.

'Não!'

'Sua escassa, coração ruim. Eu te criei, sua diaba. E você não pode me emprestar a mantilha?'

"Nada mais disse, mas eu sabia que tramava às escondidas.

"No meio do almoço do domingo, Dona Eulália deu o golpe de misericórdia.

'Cecília, eu sei que você gosta muito da sua mantilha, mas você vai emprestar para a Julia usar na primeira comunhão. É um ato de caridade e Jesus vai levar isso em consideração.'

"Senti o rosto ficando vermelho e, antes de chegar ao quarto, as lágrimas já me queimavam. Peguei a mantilha e a levei até a sala. Lancei com força no colo de Gertrude e saí correndo, o ódio a me fechar a garganta e a me impedir de respirar.

"Júlia usou a mantilha no domingo de sua comunhão. Na igreja, Gertrude me olhou em várias ocasiões, para conferir meu estado de espírito. Haviam cortado uma parte do véu bordado, pois a Julia era menor que eu. Olhei o tempo todo para o altar. Nenhum santo sorria.

"Nos domingos seguintes, Julia continuou a usar a mantilha na missa. Depois foi para a irmã dela, para a filha da Dola e para a sobrinha da Gildinha. E assim foi passando de mão e mão. Fingiam que não se lembravam de devolver. Eu não pedi, já tinha raiva daquele pano encardido.

"Como vingança, enterrei o único vestido de festa da Gertrude num buraco enlameado à beira do córrego. Tinha uns bordados verdes no peito e uma renda na barra. Nunca o encontraram. Durante semanas, a cozinheira me olhou, certa de que eu o havia roubado. Fingi inocência e até ajudei a procurar. No final, chegou-se à conclusão que algum vagabundo de passagem o havia levado do varal."

III

"Durante toda a minha vida recém-acabada gostei de comer com as mãos. Depois lambia os dedos de onde pingavam sabores. Era um ritual que eu me permitia quando ninguém me olhava.

"Lembro da quase volúpia quando cravava os dentes nas frutas suculentas. Algo quente, como um choque elétrico, ocorria entre as minhas pernas. Especialmente quando comia mangas, que têm sumo suficiente para escorrer pelo queixo e uma carne macia que toca a língua da gente.

"O hábito de apalpar, cheirar e me fartar de comida talvez seja o segredo de eu ter cozinhado tão bem. Comecei cedo, aos doze anos, quando Gertrude me ensinou a descascar batatas. Foi aqui mesmo, nesta mesa. Passou vários minutos me explicando que eu não deveria cortar demais a batata, porque desperdício é coisa que Deus castiga. Demonstrou como fazia e saiu, arrastando os quadris enormes na direção do fogão.

"Peguei a faca e a amolei na pedra. Afiada, ela escorregava sobre a pele das batatas e isso me dava prazer. Finíssimas fitas de casca desenrolavam-se sobre a mesa. Eu as punha no balde e mergulhava as batatas peladas na bacia de alumínio cheia de água. Só então deliciava os dedos ao tocar-lhes a textura macia.

"Ao voltar, Gertrude não escondeu a satisfação. Foi o primeiro elogio que recebi.

"Logo aprimorei a técnica de tirar a pele dos legumes e de laminar verduras. Cortar vegetais foi meu primeiro brinquedo. O barulho de cada um sob a faca me fascinava, sua resistência ou abandono eram uma diversão que eu me dava. Cortar quadrados perfeitos das cebolas e pimentões, fatias quase transparentes de pepinos, sentir a lâmina deslizar pelo tomate, tudo isso me consumia as horas. Daí foi um pulo para começar a fazer bolos, assados, compotas.

"A cozinheira julgava que eu estava me tornando mocinha e por isso desaparecia aos poucos o meu gênio ruim. Passou a ser menos severa comigo. 'Rápida e limpa, a Cecília, quem diria?', elogiava para a patroa. Dona Eulália sorria.

'Fiz bem em pedir a Ceci para a avó dela. Falei que aqui em casa ela ia ter uma vida melhor que lá naquela roça, passando fome.'

"Tantos progressos fiz que a patroa resolveu que eu deveria aprender a ler e escrever. Era pra ler as receitas e fazer a lista de compras. Dona Mocinha, que vivia de favor na fazenda, foi encarregada de me ensinar. Tão logo terminava a janta, eu lavava as panelas, com o coração aos pulos. Corria então para a mesa de jantar onde via acontecer a mágica: os desenhos se transformarem em palavras. Como quando a névoa se dissipa logo cedo e a gente vai enxergando as coisas.

"Aprendi depressa. No Natal fiz pastéis de Santa Clara, pudins e um bolo de reis, do livro de receitas da bisavó de dona Eulália. Gertrude ficou orgulhosa, os patrões encantados. Na noite do dia 24, pouco antes da Missa, a senhora me chamou ao quarto. Tinha nas mãos um pacote pequeno, embalado com papel brilhoso.

'É para você. Presente de natal.'

"De cabeça baixa, peguei o pacote. Balbuciei um obrigada e saí. A memória da mantilha pulsava nas minhas têmporas. No quarto, abri devagar, para não rasgar o papel.

"Era um livro.

"Comecei a ler na mesma noite, na mesa da cozinha, vendo a lamparina desenhar na parede sombras de índios, palmeiras, enchentes, guerras e o amor quase impossível da heroína com quem eu compartilhava o nome.

"Uma alegria selvagem brotou em mim quando mergulhei naquele mundo desconhecido. Já não havia fazenda, nem pote, Gertrude ou patroa. Eu não sabia como retribuir aquilo. Então cozinhei. No dia seguinte, fiz biscoitos de nata para dona Eulália. E, depois, pão de leite, ambrosia, codorna ao vinho, peru com castanhas, biscoitos que derretiam na boca. Gertrude se admirava, a senhora se desmanchava em elogios.

"As semanas se passavam rápidas. De dia a fazer comida, de noite a ler meu livro – meu único e pequeno livro. Dona Eulália me via lê-lo e relê-lo, quando vinha buscar água na cozinha. Um dia me interrogou.

'Já terminou?'

"Sacudi a cabeça, sem levantar os olhos.

'Então você pode escolher um dos meus. Qualquer um lá da biblioteca. Só tenha cuidado. Não suje de comida, não amasse as páginas, não deixe a fuligem da lamparina pegar neles. Tenho muito ciúme dos meus livros. Assim que acabar de ler, ponha no mesmo lugar."

"Um calor se espalhou pelo meu peito, igual quando a gente sai de um banho gelado e se estende na areia quente, piscando por causa da luz do sol.

"Todo o meu mundo se refez nos meses seguintes. As páginas me engoliam. À noite, olhos pesados de sono, eu lutava para ler na mesa de madeira. A cabeça apoiada no queixo despencava de repente e eu desistia. Ia para a cama, tonta, sonhando com coisas que jamais veria.

"A vida finalmente me deu dias feitos de algodão doce. Eu aos poucos descobri que nas roupas a dançar no varal, nas mãos grossas de arear panelas e no perfume da baunilha habitava algo delicado e invisível. Os livros me contaram e eu acreditei.

"Só não haviam me dito, ainda, que os homens, que inventaram a poesia, também criaram jeitos de matar coisas bonitas.

IV

"Quando os livros me sussurraram seus segredos, passei a compreender melhor o mundo. Fiquei mais calada. Gertrude não entendeu. Ela e as outras pensavam que, agora que eu lia, me achava melhor que elas.

'*Ocê* precisa dar um jeito nesse gênio desconfiado, Cecília. Fica horas aí sem *dizê* nada. Isso tu herdou do teu pai, aquele índio. Passou lá pela casa da tua avó e plantou um filho na Geralda, que Deus a tenha em bom lugar. A coitada não aguentou o parto. Tu rasgou ela todinha. Tu era grande ingual o teu pai, aquele índio. E ainda *tava* sentada na barriga dela. A gente te puxou pelos pé e cortou ela porque ela *tava* morta *mermo*. Não carecia mais de ter cuidado com ela. Pelo menos a gente te salvou.'

'Por que ela me deu? A minha vó... por que ela me deu para a patroa?'

'Porque ela não tinha o que *comê*. Tu comia feito uma esganada, porque tu puxou ao teu pai índio. Todo mundo sabe que índio é esganado pra *comê*. A tua vó *tava* velha e o teu avô já tinha morrido de febre amarela. Aí um dia tu comeu um resto de carne dum ossinho de galinha que *tava* no chão e tu quase morreu engasgada. Foi quando eu falei para a dona Eulália que era melhor a gente te trazer pra cá pra tu poder viver. A gente te salvou de novo.'

'Se eu tivesse uma filha, eu não dava ela pra ninguém.'

'Tu fala isso porque tu nunca soube o que é fome. Tu olha na casa toda e não tem nada de *comê*, tu olha no quintal e não tem uma goiaba verde pra *enchê* a barriga. A cabeça dói, o bucho faz um barulho alto feito onça no mato. Depois de um tempo, tu começa a variar, sabe?

Os olho revira e tu perde o juízo. Com fome a gente pode até matar, porque está variando e não sabe direito o que faz.'

'Ela gostava de mim, a minha vó?'

"Devia gostar, porque a gente gosta dos filhos e tu era filha da filha dela. Mas tu não tinha nem nome. O padre Luiz foi que te deu nome quando te batizou. Ele e a patroa escolheram Cecília porque tu chegou aqui no dia de Santa Cecília.'

'Eu queria conhecer a minha vó.'

'Pra quê?'

'É ruim não *tê* ninguém.'

'Ela já tá morta. Isso já tem tempo.'

'Quanto tempo?'

'Muito'."

V

"Fiquei moça aos 15 anos, enquanto cortava batatas aqui nesta mesa. Senti algo quente escorrer pelas minhas pernas. Arregalei os olhos quando a rosa de sangue se abriu no vestido. Gertrude me arrastou até o quarto e me deu uns panos para dobrar e colocar entre as pernas. Disse que aquilo ia durar uns dias e que, agora, eu ia ficar doente todo mês. Nesses dias não podia fazer comida nem pegar frio. Fazia mal. Também não devia comer ovo e não andar sobre a ponte do riachinho, para não embuchar. *Doença de mulher* era pra ter vergonha e esconder. Os panos eram lavados às escondidas, pra ninguém ver.

"As mulheres da cozinha me diziam pra ter cuidado com os homens, que eles farejavam quando a gente era moça. Tanto falaram que passei a ter pavor deles. Acordava suada à noite, assombrada pelas histórias da minha mãe morta no parto.

"O único a não me dar medo era o Carlos, peão que cuidava dos canteiros e do jardim da dona Eulália. Tinha mão boa pra flor e diariamente me trazia batatas, tomates e frutas para as receitas.

"Entrava, dava um bom-dia com voz grave, profunda, e colocava o cesto sobre a mesa. Enquanto os outros peões me comiam com os olhos, botando reparo nos seios pequenos que despontavam debaixo do vestido e adivinhando o quadril a se arredondar, Carlos nem me olhava. Justamente por isso eu queria que ele me notasse. Dei de receber a cesta de verduras e esbarrar na mão dele. Sorria quando lhe dava bom-dia, fazia perguntas sobre a horta. Ele respondia com monossílabos e ia embora depressa.

"Diziam que era letrado, tinha morado na cidade. Andava calado, cercado pelos bichos dele, e morava numa casa lá no fim do terreno dos patrões.

"Aos domingos eu ia ler perto do riacho. Sabia que ele tomava banho lá, nadando com os cachorros. Ele me olhava, dava boa-tarde e seguia.

"Uma única vez parou e me perguntou o que eu estava lendo. Mostrei.

'Camilo Pessanha. Interessante. Você entende o que ele escreve?'

'Às vezes. *Ocê* sabe o que é clepsidra?'

'Um relógio de água.'

'É verdade que *ocê* veio da cidade?'

'Sim"

'É bonito lá?'

'É diferente.'

'Por que *ocê* veio?'

'Porque aqui tem silêncio. Dá para ouvir o vento nas árvores.

VI

"A vida é uma coleção de histórias que se contam. As feias ficam enterradas porque fazem com que o vento sopre de um jeito estranho e uma agonia entre no peito da gente.

"O medo – e isso também me foi dito pelos livros, anos mais tarde – atrai desgraça. É um ímã. Descobri tarde demais.

"Eu estava preparando a janta. Havia festa na cidade e todos haviam ido ver as danças. Fiquei eu, dona Mocinha e o Manezinho, neto da Gertrude.

"Não vi quando ele entrou, o filho do Jurandir, capataz da fazenda vizinha. Era silencioso como um gato. Botou a mão na minha boca e me empurrou pra cima da mesa.

"Manezinho chegou, assustado com o barulho. Viu coisas que criança não esquece. Dona Mocinha, meio surda, só veio quando o garoto a chamou. Viu os arranhões na minha cara, as lágrimas se misturando à baba e escorrendo pelo queixo, a mancha no vestido rasgado.

"Aproximou-se devagar, as mãos cobrindo a boca. Pôs os braços em torno de mim. Pulei como se tivesse sido picada por cobra e me atirei num canto, abraçando as pernas e escondendo a cabeça entre os joelhos.

"Mandou-me tomar um banho, lavar a cara, trocar de roupa.

'Vai, minha filha. Não deixa ninguém te ver assim. Que maldade, meu Deus.'

"Enquanto eu saía, ela recolhia os tufos de cabelo que haviam ficado sobre a mesa da cozinha e as verduras que haviam caído no chão.

"Ouvi as vozes altas quando os patrões chegaram. E dona Mocinha também a falar. Meus uivos não deixaram ninguém dormir naquela noite.

"De manhã, dona Eulália me chamou. Padre Luiz, junto dela, me disse que eu não tinha pecado, que Deus sabia da minha inocência. Eu soluçava. E suava ódio, humilhação e derrota.

'Minha filha. A gente vai fazer ele casar com você.'

'Eu não quero, padre. Pelo amor de Deus, de Jesus Menino, de Nossa Senhora', gritei, entre alucinação e febre, pavor e imagens turvas do meu corpo violado.

'Minha filha, o que ele fez foi um crime. O único jeito de ele pagar é se casando com você.'

'Eu quero que alguém mate ele', falei baixinho.

"Tudo o que me foi dito sobre perdão, fiz questão de esquecer. Uma nuvem vermelha cobria meus olhos e se enfiava pelos meus ouvidos. Doida, doida.

"Levantei para o padre uns olhos turvos de sangue. A voz saiu cheia de pedras duras e raízes secas:

'Se me casarem com ele eu me mato, juro por Deus que me mato. Pela luz divina, eu me mato. Aí a minha alma se perde de uma vez e vai ser o senhor, padre Luiz, e a senhora, dona Eulália, que vão ter de se explicar para o Criador'.

"Nas semanas seguintes, olhos penalizados me seguiam. Eu sabia que notavam as olheiras, a magreza, a cicatrização dos arranhões na cara. Aguardavam também outro sinal. Ele chegou cinco semanas depois, o pesadelo.

"Veio quando eu estava no galinheiro, recolhendo ovos. O cheiro do cocô de galinha, das penas molhadas pelo orvalho e do milho triturado fizeram o vômito vir em jatos. Eu tossia, enojada do gosto na boca.

"Carlos, silencioso como sempre, me espiava, apoiado na cerca. Os olhos diziam nada.

"Foi até a bica e pegou água. Pôs numa cabaça e me entregou.

'Bebe. Mas antes lava a boca.'

"Sacudi a água na boca e passei um pouco no rosto.

"Quando saí, ele já tinha ido embora, chamando os cachorros.

"À medida que minha barriga crescia, os olhares de piedade aumentavam. Não me pediam para fazer mais nada. Eu aproveitava as tardes para ir até a margem do riacho. Olhava o redemoinho, enquanto os peixinhos me beliscavam os pés. Num desses dias ouvi passos leves e meus cabelos se arrepiaram.

'Calma, moça. Sou eu. Só vim nadar antes de dormir.'

"Saiu pingando água e já estava na estradinha de piçarra quando o chamei.

'Carlos, preciso de uma coisa.'

'Pode pedir.'

"Na tua casa tem muitas plantas. Tem pé de quinina?'

'Tem.'

'*Cê* pode me dar umas cascas e umas folhas?'

"Ele olhou para a minha barriga, coberta de sanguessugas. Seu olhar não traía emoção ou julgamento.

'Não é melhor dar esse menino para alguém criar?'

'Eu não pedi conselho. Só quinina. Não vou usar agulha de tricô porque tenho medo. Mas se tu não me der a quinina, eu tenho veneno de rato...'

"Houve uma pausa.

'Amanhã eu te entrego.'

'Não deixa ninguém ver quando vier me entregar.'

"À noite, no pilão, fiz a quinina virar pó. Misturei com zimbro, arruda e centeio-espigado. Despejei um restinho de permanganato de potássio, que tinha sobrado da época em que tive catapora.

"O amargor desceu pela boca, queimando tudo por dentro. A coisa morreu dentro de mim e ficou lá, apodrecendo. Ninguém dava nada pela minha vida quando a febre chegou. Chamaram o doutor Silvério. Passou remédios, que a patroa mandou comprar. A coisa saiu, mas eu não vi. Chamaram uma parteira, que fez massagens até tirar tudo de dentro de mim.

"Ouvia vozes abafadas e sentia gente aflita a me botar panos na testa e me abrir a boca para eu comer a canja de galinha, a trocar os panos de vômito e urina. Gente afobada, impaciente, medrosa.

"Eu escutava os lamentos e me via a andar num pântano, com os pés afundados no lodo, respondendo às lamúrias com trechos de um poema que li no livro do Pessanha.

'Que pecado tão grande é matar um inocente.'

Abortos que pendeis as frontes cor de cidra,
Tão graves de cismar, nos bocais dos museus,
E escutando o correr da água na clepsidra,
Vagamente sorris, resignados e ateus,
Cessai de cogitar, o abismo não sondeis.

'Enterraram o anjinho lá no cemitério, perto do pai da patroa. Padre Luiz encomendou o coitadinho, que ele não tinha culpa de nada.'

Gemebundo arrulhar dos sonhos não sonhados,
Que toda a noite errais, doces almas penando,
E as asas lacerais na aresta dos telhados,
E no vento expirais em um queixume brando,
Adormecei. Não suspireis. Não respireis.

'O que é mesmo clepsidra?'

"E eu mergulhava num abismo de escuridão, febre e alívio. Sem sonhos, apenas o barulho da água que escorria em um grande relógio.

"Saí do quarto um mês depois, me arrastando pela casa feito assombração. Os vestidos bambos no corpo, os cabelos sem trança, os peitos vazios. Sentia tonteira e me dobrava no meio. Corria gente afobada, me dando coisas a cheirar. Eu me apoiava na mesa e me recusava a cair.

'Come, que tu não tem uma pinga de sangue na cara'. Gertrude voltou a ser brusca. Quase ninguém falava comigo. Conseguiam viver com a lembrança do estupro, mas não com a do aborto. Mãe que mata o filho é monstro para a minha gente. Às vezes, as pessoas escolhem que tipo de violência podem engolir.

"Nunca mais pisei na igreja. Também deixei de cozinhar. Tudo desandava. Bolos murchos, arroz salgado, claras em neve aguadas. Eu havia perdido a mão. Gente ruim passa maldade para as comidas, cochichavam. Desisti. Já não punha coisa alguma no forno ou no fogo. Os donos da casa, silenciosamente gratos, deram-me outras tarefas.

"Abracei com gosto a lavagem. Joelhos no chão, esfregava dia e noite o assoalho, as cortinas, as toalhas de mesa, os panos de prato, as roupas todas, os talheres e as caçarolas. Meus dedos perdiam a pele de tanto sabão, creolina e areia para fazer brilhar as panelas.

"Foi na beira do riacho, numa tarde quente, que Carlos se aproximou. Parou ao meu lado, fazendo sombra sobre a trouxa de roupa suja. Passei as costas da mão na testa para tirar o suor e olhei para cima.

'Se você quiser, pode ir morar comigo.'

"Voltei a esfregar a roupa, batendo os panos nas pedras quentes.

'Ele morreu.'

'Quem?'

"O filho do Jurandir. Acharam ele na estrada, espumando pela boca.'

"Torci as roupas sem dizer nada.

"De noite juntei minhas coisas e saí sem fazer barulho.

"Os cachorros me viram chegar, mas não latiram. Apenas abanaram os rabos e me lamberam as pontas dos dedos. Passei a mão na cabeça deles e abri a porta. Carlos me olhou durante algum tempo. Depois pôs o livro sobre a mesinha e pegou a lamparina.

'Quer comer alguma coisa?'

"Balancei a cabeça. Ele ficou me vendo devorar as verduras, a carne, o arroz. Depois lavei a louça.

"No outro dia, de manhã, dona Eulália estava amuada, mas não disse palavra. Talvez tivesse pena da minha vida miserável, talvez se achasse culpada por não ter impedido a desgraça que desabou sobre mim, talvez se sentisse mal ao pensar no horror que é ter em cima do corpo um homem que a gente não quer.

"Ela me deixou continuar com a lavagem de roupa e, nos dias de festa, podia fazer alguma comida. Eu pegava a trouxa logo cedo. Estendia tudo no quintal e ficava a olhar como o vento balançava as roupas lavadas, fazendo um teatro de sombras no chão.

"De noitinha, Carlos chegava. E me falava de livros e luzes, ribaltas e cidades.

"No outro dia eu levava à casa grande as roupas limpas. Engomava tudo na mesa da cozinha, esta mesma mesa, forrada com um lençol. Punha carvão no ferro preto, pesado, soprava as brasas e via as rugas dos tecidos se desfazendo.

"No Natal, D. Eulália me deu de presente a mesa da cozinha. Tinha comprado uma nova, mais moderna.

"Eu vivia em pecado, mas quem não tem alma pouco liga para essas coisas. O povo fala, de qualquer jeito. Falavam também que eu não emprenhava mais porque o castigo de Deus não falha. De Carlos diziam que tinha envenenado o filho do Jurandir. Besteira de gente maldosa, falta do que fazer.

"A gente só quer que a vida tenha dó de nós – eu pensava quando era nova. Outra besteira. A vida é o que é. E não se importa nadinha com o que a gente quer.

VII

"Ele tinha uma boca de flor. Macia como as pétalas. E um corpo de tronco de árvore, com as veias saltadas como cipós a subir-lhe pelos braços, pernas e mãos.

"Nunca deveria ter se casado. Nunca. Havia algo tão intenso nele, tão livre, que casá-lo seria um pecado. Como prender pássaros, domesticar centopeias.

“Eu o quis. Como a gente quer um bicho selvagem, que é belo em meio aos ruídos do mato. Gostava de vê-lo andando sem camisa, os músculos todos retesados no corpo. Carregava coisas, consertava outras e, vez por outra, agachava-se até ficar perto do chão. Sua voz então se tornava doce, doce. Um murmúrio leve. Estava falando com seus bichos, contando-lhes histórias da noite, explicando o segredo das coisas, catando-lhes carrapatos.

“Quando caía a tarde sobre a mata cerrada, ouvia os sapos, os grilos, os animais que se recolhiam lá no longe. E inspirava profundamente, deliciado. E se vinha a chuva, ele a deixava lamber seu corpo.

“Eu o quis. Às vezes a gente quer o que não pode ter. Mas quer. Eu o peguei para mim.

“Durante muitas noites dormi com ele, e sua boca punha fogo nas carnes poucas do meu corpo. Gozava como o animal indomado que era, urrando nos meus ouvidos, estremecendo muitas vezes até se aquietar e voltar ao nosso mundo. Então me beijava muito ternamente – e eu era como um dos bichos que ele cuidava com mansidão.

“Eu queria ser a respiração dele. Mais que o fôlego, queria ser a batida do coração, beber a saliva dele a todo instante, estar com ele, imperatriz do seu mundo de intensidade, onde não se matava escorpiões e os morcegos podiam dormir sob o nosso telhado sem ser incomodados.

“O meu era um homem da terra, que não dava nomes bonitos pras coisas. As suas palavras eram exatas, por vezes duras. Mas havia uma sabedoria nele que me encantava. Pequenas delicadezas, como café preto nas manhãs, ou um copo d’água enquanto eu limpava o chão da nossa casa. E me chamava de flor, minha flor.

“Antes de mim, outras mulheres e homens o quiseram. E tiveram. Eu não tinha ciúmes. Entendia o que os moveu até ele. Passaram. Ainda assim, eu queria ser o que não foram para ele. Decifrar algo daquela esfinge era um desafio que eu me impunha.

"Mas não pude. As coisas da terra são da terra. Ele não era meu. Só um pouco, apenas por um tempo miúdo, no qual fui delirantemente feliz.

"Quando o trouxeram, coberto de sangue, eu não disse palavra. Olhei meu homem morto e mandei que o pusessem aqui na mesa. Lavei o corpo e, com a faca de cortar frutas, tirei a bala. Botei na boca pra limpar o resto do sangue e guardei no bolso do vestido. Estava bem escondida no coração dele.

"Passei a noite espantando as moscas. Servi café a toda gente que chegou pras rezas do velório. Ninguém chorou. Nem eu. Havia secado por dentro, fazia tempo. Mas disseram que era por causa de meu pai índio, que índio não chora.

"Enterraram Carlos numa cova rasa. Coloquei uma flor de maracujá em cima do monturo de terra e fui para a casa dar comida aos bichos. Estavam tristes, deitados, sem cor. Cuidei deles até morrer o último.

"Algumas vezes pensei nele. Muito raramente. Quando o café esfriava na xícara, quando havia um grande silêncio em torno de mim, quando as aves não piavam na noite escura ou quando a chuva pingava gotas bem finas sobre o nosso telhado.

"E fiz igual ao patrão, quando morreu Áquila, o cachorro dele: nunca mais quis outro. Tem dor que a gente pode evitar.

VIII

"O peso dos anos me deixou lenta. Passei a vida entre panelas, tachos e trouxas de roupa, correndo com água quente, atendendo a fome alheia. Não fui feita para me arrastar como lesma.

"Quando o último cachorro morreu, decidi que era chegado o meu tempo. Lavei toda a casa, molhei as plantas, dobrei as roupas, guardei as xícaras na cristaleira e fechei as janelas.

"Esmaguei as folhas amargas e nelas pinguei as gotas que guardava no armário. A cozinha estava silenciosa, os últimos raios do sol entravam pela fresta da porta quando senti a espuma me vazando boca afora.

"Aqui estou, senhor, gelada e tesa sobre esta mesa de tantos prazeres e horrores. Meu corpo velho, engelhado e imprestável começa lentamente a se desfazer. Sei como é. Já cozinhei muita carne morta e sei o que significam essas manchas roxas e esverdeadas, e o cheiro ruim que exalo agora.

"Dessa podridão escaparei, por certo. E lá, para onde quer que eu vá após esta prisão de ossos e músculos, espero que haja água fresca, linguiças, clepsidras e flor de maracujá. Ou um pote de barro. Vistoso, imenso, onde eu possa passar a língua sem que um anjo obtuso me venha dizer que pequei."

Logo que o juiz se sentar,
tudo o que está oculto, aparecerá:
nada ficará impune.
O que eu, miserável, poderei dizer?

Requiem. Tuba Mirum. Missa pro defunctis. Missale Romanum.1570

PARTE 3

JUÍZO

CAPÍTULO 12

HAVING TEA WITH DEMONS

A PLUMA E O CORAÇÃO – UM JURAMENTO – ACERTO DE CONTAS - A COR DOS OLHOS DA MORTE – OS DEMÔNIOS BEBEM CHÁ

QUANDO o fantasma se calou, permanecemos em silêncio, a nos entreolhar, repentinamente conscientes de que todo som havia desaparecido. A chuva, a chaleira, os ventos lá fora, nossos ruídos – tudo cessou de uma só vez, como se invisível mão silenciasse o mundo. Dentro de mim, entretanto, tufões revolucionavam, árvores eram arrancadas com as raízes e gritos ecoavam por vales profundos e encostas rochosas.

Inpu abriu a caixa, retirou o coração de Cecilia e passou a examiná-lo, ora sentindo seu peso na palma da mão, ora trazendo-o bem perto dos olhos cor de âmbar. No fundo da sala, Aletheia refastelada na poltrona puída, havia soltado os grampos que prendiam o chapeuzinho de plumas e, de olhos fechados, murmurava uma cantiga de outros tempos.

Nesta rua, nesta rua tem um bosque
Que se chama, que se chama solidão,
Dentro dele, dentro dele mora um anjo
Que roubou, que roubou meu coração.

Mais fácil teria sido – confesso – se Inpu tivesse ido até os fundos da casa e voltado com uma daquelas balanças de outras eras, muito alta, com dois grandes pratos. Seria então como nos tempos antigos, e se pesaria o coração contra uma pena antes que o corpo fosse devolvido à Terra. Haveria alguma solenidade na cena e lágrimas sentidas, choro e ranger de dentes talvez. No fim, seríamos absolvidos ou devorados por alguma divindade cujo único olho teria visto todos os horrores. E estaria resolvido. Limpo e objetivo, como tem de ser. Em vez disso, entretanto, tínhamos aquele silêncio viscoso das esperas longas.

O espectro também aguardava, pois balançava as pernas nervosamente e não tirava os olhos de Inpu, mas este não dava mostras de que faria alguma coisa espetacular. Continuava a observar o coração, agora com uma lupa de cabo de ouro, anotando suas deformidades, reentrâncias e buracos. De vez em quando soltava um ou outro "hum", como se fosse um entomologista examinando um inseto desconhecido. A cada murmúrio, o fantasma estremecia, do jeito que estremecem os fantasmas, tremelicando nas extremidades como se uma brisa agitasse sua etérea figura. "Essa dor, essa dor", lamuriava-se, baixinho, "já virou medula e sangue..." E tentava arrancar algo de dentro do corpo translúcido, puxando a pele, que esticava e logo voltava ao mesmo lugar.

"Ponha a carga no chão antes que o sol desapareça no Oeste, Cecilia", aconselhou Inpu, ainda esquadrinhando o coração e o cutucando com a ponta da unha.

Houve um ruído que me fez pensar no som dos soldados que morriam nos campos de batalha da Idade Média. Quando lia as histórias de cavalaria, imaginava os joelhos se curvando, as armaduras emitindo um gemido agudo e então o homem ferido desabava no chão. Cada tentativa de respirar fazia ranger a armadura. Um som contínuo e triste que ia se espaçando até desaparecer por completo. Esse ganido metálico agora saía dos lábios do fantasma.

Inpu se aproximou. Com cuidado, segurou as mãos que se beliscavam e afrouxou o nó dos dedos.

"Está terminado, Cecilia. Houve intensidade, tortura, suspiros, espanto, loucura e folia, mas acabou. Volte à paz da não-existência de onde veio. Deixe para trás o sofrimento que pertence ao curto período em que você esteve viva."

Os dedos negros mergulharam nos cabelos grisalhos e trouxeram Cecilia suavemente para junto do peito.

Se esta rua, se esta rua fosse minha,
Eu mandava, eu mandava ladrilhar
Com pedrinhas, com pedrinhas de brilhante
Para o meu, para o meu amor passar.

O espectro se esvaiu lentamente diante dos nossos olhos. Agora havia apenas o corpo imóvel, como o encontramos, em sua mesa de dores e alegrias. Inpu lhe arrumava os cabelos.

Aletheia caminhou até a estante e abriu a vitrola. Mexeu durante alguns minutos entre os discos e soprou a poeira de um velho vinil. Sorriu, triunfante.

"Ah, aqui está!"

As primeiras notas de "Here come my demons" ecoaram pela sala, falando de tempos de grande inquietação, quando os demônios vagabundeiam aos gritos pelas vielas, e o único escudo contra eles são as memórias de amor.

Inpu e Aletheia guardavam os frascos e outros objetos na valise, os demais mantinham as cabeças abaixadas como se dormissem. Enquanto os observava, uma lassidão tomou conta de mim e me recostei à parede. Acho que as emoções me exauriram, pensei, enquanto tentava inspirar com força. Fechei os olhos e a noite desceu sobre mim com uma lua cor de âmbar.

Fiquei consciente horas depois. Note que eu não disse *despertei*. Apenas fiquei consciente. Tinha certeza de que sonhava, pois me via em outro lugar e, como costuma ocorrer nos sonhos, em que o absurdo é natural, somos conscientes de um passado que jamais existiu. Estava na minha casa e a chaleira apitava na cozinha. Ecoavam pingos de água na paisagem envelhecida das janelas. Levantei, arrastando os pés. Despejei água quente sobre folhas secas de chá preto.

Cheirei a camisa perto das axilas e fiz uma careta. Meus cabelos estavam despenteados e um pouco sebentos.

Sentado em uma poltrona, Inpu parecia confortável, folheando um livro. "Hesse", murmurei, reconhecendo a capa.

"Ah, acordou! Hora de receber seus convidados", disse, colocando o livro na mesa de cabeceira e dando-lhe tapinhas carinhosos: "Velho amigo, sempre uma boa leitura".

"Receber gente? Assim, do jeito que estou?"

"Isso lhe parece um evento social em que tenha de se vestir a fim de parecer diferente do que você realmente é?"

"Não", respondi, desconcertado.

"Então venha. Eles chegaram."

À porta estavam os sete personagens da cabana. Serena, Dom Fernando, Caio, o traidor do filósofo, a sogra de Beatriz, o violinista sujo e Deilos. Pisavam a soleira cabisbaixos, olhando para o chão. Pareciam uma horda de mendigos.

Inpu acendeu a lâmpada e a luminosidade os mostrou com outras feições. Já não lhes via o rosto, mas seus males – traição, inveja, ciúme, vingança, ódio e, acima de todos, a culpa de mãos dadas com a vergonha. Pesavam tanto que lhes empurravam a nuca, forçando o pescoço para baixo.

Subitamente tive raiva de Inpu por me forçar a receber tais convidados na casa onde os meus silêncios se empilham. É meu refúgio – para onde fujo com a minha solidão. Desgostoso, eu os vi entrar. Acomodaram-se nas cadeiras ou pelo chão, estropiados, feios, com dentes sujos e unhas amareladas. Flertei com a ideia de expulsá-los. Mais que isso: queria despedaçá-los.

Como se me captassem os sentimentos, os visitantes rapidamente mudaram de humor. Agora me encaravam com arrogância, sem traço de compaixão ou simpatia. Sem qualquer cerimônia, moviam-se pela casa. Ao passarem perto de mim, senti cheiros variados. Perfume floral, corpos apodrecidos, ervas esmagadas, pedras úmidas, pelos de animal molhado. Contemplei-os, registrando o toque de seda da roupa que vestiam, a armadura enferrujada, os molambos e os cabelos – trançados uns, empapados de poeira outros.

Dividiam-se entre os sisudos, os malévolos e os que sorriam com cinismo. Tiraram os sapatos para melhor pisarem a carne macia do meu peito e permitir a suas unhas se cravarem devagar e dolorosamente. Beijaram-me a boca, um a um. Suaves, os primeiros; sôfregos, os demais. E seus lábios tinham gosto de sal. Senti o veneno nos punhais que furaram a camisa fina quando me abraçaram. Perdão, diziam sem sinceridade. Eu os encarava, órfão de palavras, trêmulo de pavor, sabendo que suas línguas estalariam de prazer se pudessem morder os tenros músculos das minhas costas.

Aos poucos notei um murmúrio crescendo em torno de mim. À exceção de Inpu, todos os outros entraram numa espécie de transe e murmuravam frases soltas. Inicialmente falavam baixo, mas logo bradavam, grunhiam, choravam, batiam no peito e arrancavam os cabelos. E seus lamentos me punham tonto.

"Meu pecado foi tão grande..."

"A tentação foi irresistível"

"Foi culpa dele."

"Ela é a culpada."

"As águas eram irresistíveis."

"Perdão, minha filha..."

"Essa nossa carne, tão fraca..."

"Esta casa goteja desolação."

"Ele morreu por minha causa."

"A imagem daquela mulher está aqui, o tempo todo."

"Foi a minha fraqueza."

"A escuridão..."

"A bocarra me engoliu."

As vozes chorosas reverberavam em mim. Um ruído denso, que crescia até criar uma parede a se fechar sobre nós, sufocante, opressora. Pus as mãos sobre os ouvidos, tentando em vão escapar dos choramingos, mas os sons agora eram rugidos a me encurralar. Caí de joelhos, com a cabeça entre os braços.

"Sou um fracassado."

"A inveja é uma fera faminta."

"Eu sou covarde!"

"Eu traí!"

"O rato, o rato!"

"Como sou patética!"

Então algo aconteceu.

"Silêncio!" A voz de Inpu trovejou na sala, fazendo calar imediatamente as lamúrias.

De repente estávamos de volta à cabana. Não mais na salinha apertada dos meus segredos. Puro alívio me escorria pela testa junto com o suor.

De costas, com as mãos nos bolsos, o dono da funerária olhava as gotas pingarem lá fora. Com um sorriso, voltou-se para nós.

"Eu não os trouxe a esse lugar, cercado pelo nevoeiro da culpa, para vê-los chorar como criancinhas por um passado que não pode ser mudado."

"Você nos trouxe? Eu cheguei aqui por acaso", reclamei. Manoel acenou com a cabeça, concordando.

"Eu os trouxe", repetiu, com firmeza.

"Para quê?", perguntei.

"Eu os trouxe para tomar chá, meus caros."

Não resisti e ri com gosto.

"Chá, você disse?"

"Sim, chá."

Apontou para algumas cadeiras empilhadas num canto da cozinha e nos convocou.

"Tragam as cadeiras e sentem-se em torno da mesa. Vou fazer mais chá."

Os onze agora estávamos sentados, com xícaras de porcelana e pires acomodados no pequeno espaço não ocupado pelo cadáver de Cecilia. Eu fiquei próximo ao rosto da morta, que ora parecia jovem, ora idosa, conforme a luz das velas se movia. Aletheia havia arrumado a grinalda de jasmins nos cabelos dela para segurar uma pequena mantilha bordada. Durante algum tempo observei, fascinado, seu perfil bonito e as brancas rendas do vestido e da mantilha.

Serviram-se do chá. Primeiro o violinista, depois a mulher de cabelos escuros. Um a um, beberam, rosnando baixinho e suas bocas deixavam marcas de sangue e de lágrimas na borda das xícaras. Inpu surgiu ao meu lado, recendendo a lavanda.

"Olhe para eles. O que vê?"

"A escória do mundo", respondi de mau humor, sem levantar a cabeça.

Ele segurou meu rosto com firmeza, forçando-me a encarar a sala.

"Olhe de novo. O que vê?"

"Apenas a mim mesmo."

"Sim."

"Como vencê-los?"

"Para enfrentá-los, é preciso conhecê-los. Os humanos são péssimos juízes de si mesmos, frequentemente justificando seus demônios. Requer esforço aventurar-se pelos recantos mais ocultos de si mesmo a fim de encontrá-los. Uma vez postos sob a luz do sol, pode-se enumerar suas artimanhas, medir o peso de seus disfarces e reconhecer à distância o brilho de suas adagas afiadas e presas pontudas."

"Eles sussurram nas madrugadas, quando as trevas dominam e não há refúgio."

"Não os ouça quando estiverem famintos. Não os deixe correr à solta. Examine-os, mas os mantenha trancados nas profundezas secretas. Sempre sob a luz – acenda todas as velas e candelabros, holofotes e lanternas. Se tiver vaga-lumes, use-os. Vigie seus movimentos, sabendo que estão lá e do que são capazes."

Sorri, desconcertado.

"No mínimo vai servir para você abdicar da invejável posição de palmatória planetária. Diga-me: há algo mais sedutor que se julgar superior aos outros? É o meu demônio favorito, esse que se apresenta muito limpo, vestido em ricas vestes e, aboletado num palácio de prata, canta suas virtudes em falsete, bêbado de si mesmo, cego como toupeira."

Fez um gesto em direção à cozinha.

"Vá, é a sua vez de servir o chá."

Aletheia me entregou a bandeja e passei a servi-los. Eles retribuíram sussurrando segredos antigos e medos sepultados. Ouvi com atenção, alerta à sedução de suas palavras dúbias, consciente de que ao murmurar ao meu ouvido promessas doces, desejavam roubar o ar que inspiro e me esmagar sob seus pés. Contemplei seus belos rostos, ardilosos rostos que me acompanham na jornada intrincada. Mais chá e logo estávamos a contar histórias que apenas nós conhecemos, cada um revelando o que se esconde nas mais profundas dobras do que sou.

A velha cabana desapareceu. Diante de mim surgiu o umbigo do mundo, onde habitam os deuses. Escalei as pedras com as mãos nuas, para me prostrar no templo ancestral, diante de uma pitonisa, morta há milênios, cujos olhos viam além dos véus do tempo. Alguém gravou palavras imortais naquele lugar. Ela as trouxe na boca e depositou diretamente nos meus lábios. Eu as engoli. São agora a minha oração, carregada junto com as folhas secas deste outono que toma a minha vida.

Eles também estavam lá, os demônios, sem disfarces. Eu os recolhi com uma inesperada ternura e indiscutível compaixão. Autocompaixão, tão boa que me fez relaxar os ombros e suspirar satisfeito. Inpu riu, com a ironia deformando o canto da boca. Apanhado em flagrante, pedi desculpas, atrapalhado.

Pisquei lentamente, e ao abrir os olhos, estava sozinho. Caminhava sob as estrelas, ouvindo o movimento das asas de uma águia a dois continentes de distância, percebendo as plantas prestes a dar à luz as flores novas. Contemplei o brilho de uma estrela morrendo a milhares de anos-luz, no silêncio perpétuo do cosmos, e testemunhei um grande sol negro que girava calmo nas pupilas de algum deus a caminhar pelo mercado. Eu era filho, irmão, pai de todos os mundos. Não havia culpa, nem feiura. Apenas a beleza estranha da minha vida. Implacável e indecifrada beleza.

"O homem sábio – disse um grande amigo – não tem lágrimas para os vivos nem para os mortos." A voz de Inpu me fez dar um pequeno salto de susto. Estávamos de volta à cabana.

Fiz um muxoxo. "Seu amigo era alguma samambaia? Isso não existe."

"Tudo é experiência e tem valor", disse Inpu, calmamente, "pena que você não vê".

Com um gesto largo, ele nos abarcou a todos.

"Veja o que temos aqui. Uma choradeira coletiva que a nada leva. Todos nutrindo culpa ou resmungando arrependimentos, paralisados pelas lembranças duras. Mas este – saiba – é o mundo dos demônios. Presos em si mesmos: uns se arrastando aqui, outros se debatendo ali, empunhando chicotes que caem sobre o próprio lombo. Você pode consolá-los, dizer-lhes palavras boas. Eles vão sorrir um pouco, acenar com a cabeça, mas estão aprisionados em suas armadilhas e em pouco tempo estarão de volta à sala das torturas. Uma pena. Deveriam se agarrar à vida que escorre entre os dedos, e amar com devoção o tesouro e as companhias que vão deixar em breve. Não é notável como os homens esquecem da finitude, única certeza de suas curtas existências? Um desperdício."

O violinista o interrompeu.

"Eu me perdi naquela noite e essa queda vai me atormentar pelo resto dos meus dias. Não é justo que eu pague pelo que fiz?"

Inpu se voltou para mim: "*Voilà*! Exatamente o que eu estava dizendo". Em seguida, andou em torno do violinista, examinando-o de cima a baixo.

"Sinto em você a necessidade de mostrar que foi tentado. Como se parte da culpa fosse da mulher, do universo, das circunstâncias. Estou enganado?"

Inpu tinha uma expressão de desdém ao fazer a pergunta. O músico respondeu, com voz trêmula:

"Tentei me redimir, buscar algum restinho da antiga luz que havia me guiado um dia, mas só tateei na escuridão".

"Um mártir, carregando no bolso um deus mudo, já entendi. A tentação pode corromper até os mais dedicados defensores do bem – a ladainha de sempre. Talvez você se ache o único homem covarde neste vasto mundo, um anjo caído ou o canalha perfeito. Você é tudo isso, não há dúvida. Apenas não está só. A multidão aí fora é, na maioria, composta de famintos de poder, servos da inveja, inconsequentes, egoístas, desumanos, cruéis que matam por dinheiro, que dormem com a mulher do irmão, vaidosos que atraiçoam os amigos, trapaceiam à primeira oportunidade, corrompem-se por ninharias. Gente aparentemente boa que trai bons parceiros, elimina rivais e pensa somente em si mesma. E a outra parte é a que acha que está fazendo tudo certo, até descobrir que não está."

A voz de Inpu tinha uma dureza que me punha um frio na espinha. Levantou-se e, como uma pantera, deslizou por trás das nossas cadeiras, ora quase encostando seu rosto nos nossos, ora pondo as mãos sobre os ombros que se elevavam ao ritmo dos soluços.

"Parem de contar lendas sobre si mesmos, parem de mentir. Sua história não ecoa pelos corredores sujos da cidade para fazer de vocês mártires ou heróis cujo nome será cantado pelas gerações afora. Só nos serve falar de vocês como uma advertência despretensiosa sobre as sombras que habitam a alma de cada homem. É a única serventia. Vocês são nada. Pó. As histórias são mais importantes que sacos de ossos e carnes que vão banquetear os vermes."

Aproximou-se de mim e sussurrou no meu ouvido, apontando com o queixo para os demais.

"O que você quer fazer com eles?"

"Matá-los", respondi depressa, girando a cadeira de rodinhas.

"Impossível. São seus. Acolha-os, como fez diante da pitonisa no templo do Parnaso. Mas, cuidado, repito: não se deixe devorar."

"Impossível. E por isso terrivelmente trágico."

"Não exagere. É apenas a vida com seus jogos, armadilhas e glórias. Rende boas histórias de queda e redenção."

Postado atrás de mim, eu sentia o perfume de lavanda e identificava cada modulação da voz dele. Aletheia estava sentada à minha frente, solene. Do outro lado da mesa, parecia me examinar. Desviei o rosto. De repente, ela se ergueu e eu automaticamente a encarei. Parecia mais alta, o corpo mais curvilíneo e o rosto mais jovem. Talvez fosse o efeito da luz, pensei, lembrando-me da defunta cujo rosto envelhecia e remoçava ao sabor das velas de cera. Sem piscar ou desviar os olhos de mim, ela estendeu a mão em direção ao chapéu, de onde retirou a pluma azulada. O enfeite flutuou por alguns segundos, certamente levado por alguma corrente de ar. Acompanhei o seu voo hipnótico. Inpu disse algo que não pude compreender de imediato. Sua voz se tornara melodiosa, e não sei por que razão, eu a achei confortadora. Toda a sua figura, com a pele perfeitamente negra, me parecia paternal.

Encostou a boca no meu ouvido e sussurrou:

"Não esqueça, em tempo algum, que eu tudo vejo. Porque moro dentro de você. Quando o anjo da morte estender as asas sobre o seu corpo, sou eu quem estará ao seu lado a caminho do grande rio que separa os vivos dos mortos. Apenas seu amor servirá de contrapeso quando eu puser o seu coração na balança. Espero cantar seus bons feitos e dizer aos que lhe sobreviverem que você conheceu tão bem os seus demônios a ponto de tomar chá com eles."

Girou a minha cadeira. Sorria levemente quando suas mãos mergulharam na minha carne e emergiram com o meu coração nu, desamparado.

Estremeci, e um último fio de razão gritou uma explicação que se embolou em um turbilhão de pensamentos: fui drogado por uma seita satânica. Manoel e todos daquela cidade maldita estão mancomunados. Psicopatas, preciso sair daqui. Mas, sem o meu coração, não estarei morto? Ah, a minha preciosa intuição bem me alertou que havia algo indizível naquela cidade. Este então é o meu fim? Como ficarão meus amados? Lya nunca vai poder me velar. Será que já estou morto, mas meu cérebro permanece funcionando?

"Shhhh", riu Inpu, com o rosto bem próximo ao meu. Aletheia não afastava o olhar. Diante do espelho frio dos seus olhos, eu a ouvi perguntar sobre mentiras, remorsos, falsidades, calúnias, arrogância e violência. Sua voz me perfurou ao indagar sobre vinganças e ódios cozidos na fornalha da alma.

Ali, preso na minha carne gelada e na corrente de sangue paralisada, minha vida rangia diante dos meus olhos em sua mesquinharia crua. Os demônios batiam tambores, guinchavam, esperneavam.

Faltava a uma pergunta, eu sabia.

Respondi, tomado pelo pavor, e Aletheia me fez repetir em voz alta o que eu sabia ser mentira:

'Eu não a abandonei', balbuciei.

Os olhos dela faiscaram. E a verdade, por tanto tempo negada, veio à tona. Um último demônio, o mais cruel de todos, estava pronto para contar a sua história e eu seria seu único ouvinte. Saiu devagar da caverna em que se escondia, tateando, meio cego pela luz. Carregava sua pilhagem cuidadosamente acumulada: remédios ignorados, prontuários não lidos, olhares desviados e conversas adiadas. Só quando ele se afastou, pude ver Lya, com os olhos inchados de choro, ossuda e sozinha, tecendo sua mortalha.

Minhas pernas fraquejaram, os joelhos cederam, e as lágrimas finalmente vieram. Bem-vindas, incontroláveis, redentoras. Um único grito, rouco e primal, ecoou pelo vazio ao meu redor, prolongando-se por horas, até esgotar toda a dor que eu trazia oculta. Exausto, deitei no chão.

Subitamente, caiu sobre mim a perfeita paz dos mortos.

Ouvi então meus demônios recitarem em coro, como as velhas nas novenas:

"Venham, vermes benfazejos, destruidores da carne, renovadores da vida. Destruam o que foi dor. Que reste de nós outra coisa, mais bonita: o retrato de um tempo, uma pequena inspiração para uma criança lendo em uma casa pobre na Amazônia, uma terra mais fértil onde alguém plante tomates sobre o que foi este corpo. Amém".

E tudo se tornou escuridão.

.A P

Mas homens são homens, e por vezes o melhor pode errar.

William Shakespeare. Otelo

PARTE 4

O C A LIPSE.

CAPÍTULO 13

REQUIEM PARA UM AMIGO

ESCREVER COM ALEGRIA A DESPEDIDA – PARTIR SORRINDO – A ARTE DE DEIXAR IR – O QUE SOBREVIVE AO PÓ

ABRI os olhos devagar. Com o rosto quase encostado no meu, Aletheia removia uma compressa da minha testa. Levei a mão direita ao peito, apalpando-o devagar.

"Eu tinha certeza de que havia morrido."

"Não desta vez...", ela respondeu, se afastando.

Aos poucos me dei conta de que ainda estava na cabana. Silêncio. Apenas a morta deitada sobre a mesa. Inpu e os outros haviam desaparecido.

Não retirei a mão do peito. Precisava ter certeza que meu coração ainda estava aninhado na gaiola dos ossos.

Parada junto à pia, Aletheia enxugava as xícaras de chá.

"Onde estão os outros?"

"De volta à sala dos segredos", e tocou com a ponta dos dedos o meu peito.

"Eu não entendo..."

"Você coleciona histórias, não é?"

Acenei com a cabeça.

"Vale a pena arriscar-se por uma boa história. Você agora tem várias. Suas, minhas, dos vivos e dos mortos. São a nossa partilha coletiva."

"Mas eu não arrisquei nada. Nem escolhi coisa alguma."

"Quem lhe disse que é você quem escolhe o que lhe acontece?"

Curvou-se com muita graça e juntou do chão a pluma azul. Agora parecia um fiapo, molhada e suja de lama. Fez uma careta de desgosto.

"Ora, ora, olha só o que eu encontrei. Talvez um dia desses eu a use na balança, quando pesar o seu coração. Não esqueça: deve pesar menos que ela."

"Muito pequena. Isso deve ser pena de beija-flor. Ninguém tem a menor chance."

"Para Cecilia usei uma de avestruz. Não sei se você terá a mesma sorte."

Espetou a pluma nos cabelos e saiu. Ouvi seu riso à distância. Só então avistei Manoel. Parecia um boneco desconjuntado, caído no chão de algum teatro de marionetes.

Aproximei-me dele, com cuidado. A posição das pernas era quase cômica. Estava meio virado do avesso. Tentei colocar os braços no lugar adequado, mas caíam, sem vida, ao lado do corpo. Toquei a camisa empapada de sangue.

"Manoel, o que aconteceu?"

"Enquanto o senhor dormia, saí para ver se a chuva tinha diminuído. Escorreguei e caí num barranco. Acho que me quebrei todo. Dona Aletheia e seu Inpu me carregaram pra cá. Ele foi buscar ajuda."

"Vou fazer um torniquete."

"Deixa pra lá, doutor. Acabou-se, graças a Deus."

"Não fala besteira, Manoel. É só fratura. Vou chamar um médico."

"Não vai dar tempo. Dona Aletheia já me disse que desta vez vou usar aquele caixão bonito."

"Deixa de besteira, já disse", menti.

"Doutor..."

"Diga, Manoel."

"Ela é bonita."

"Quem, Manoel?"

"A morte. Tem olhos cor de aurora. Quando ela ri, a gente ouve mil sinos tocando ao mesmo tempo. E quando anda, os pés dela vão formando um arco-íris daqueles bem fininhos, como quando chove de leve e a gente brinca de casamento de raposa."

"Você está delirando, Manoel."

"Não estou, não, doutor. Só estou feliz. Foi uma vida boa. Tirando essa fase final, que eu andei meio tristonho, foi bom o tempo que passei aqui. Agora é hora de ir, sem saudade da cor dos olhos da vida. Os da morte são tão bonitos quanto os da irmã dela. Por isso, estou sendo expulso da vida, mas é como se estivesse me retirando de boa vontade."

Pensei em Lya. "Preciso dizer isso a ela", anotei mentalmente.

Manoel começou a ofegar. Contraiu a boca, mas de repente seus olhos assumiram uma expressão galhofeira.

"Ah, não posso esquecer uma coisa. Me ajude aqui, doutor. Tá no meu bolso esquerdo."

Limpei a mão suja de sangue na camisa e apalpei o bolso do mateiro. Um envelope pequeno, meio rasgado.

"Abra, por favor...", a voz dele se esvaía e um fio vermelho lhe escorria pelo canto da boca.

Retirei o papel amarelado, com umas frases escritas em letra caprichada. E, talvez pela primeira vez na vida, não soube como reagir.

"Você escreveu o anúncio da sua morte?"

Ele riu, deliciado.

"O senhor pode ler para mim?", pediu, tossindo um pouco.

Li em voz alta. Ele riu de novo. Havia prazer e orgulho no ato de fazer o anúncio da própria morte. Sacudi a cabeça, rindo também. Dobrei o papel e o guardei de novo no envelope, junto com as notas de dinheiro e uma fotografia de Donana com o filho deles. Manoel ainda sorria quando parou de respirar.

Doze dias haviam se passado desde que entramos na cabana.

II

A silhueta da canoa estava lá. Eu a contemplava sem desviar os olhos. Quase coberta pela neblina, parecia uma sentinela guardando as cores dos túmulos.

Tínhamos acabado de deixar o corpo do Manoel no cemitério. O velório tinha varado a noite. Naquela cidade, disseram-me, duas coisas nunca se fecham: a igreja e o cemitério. Quando alguém morre, primeiro é o sino que toca um dobre de finados. Tristíssimo. Depois, o padre põe no alto-falante a marcha fúnebre, e lê a nota de falecimento. Quando escrita pelo padre Ambrósio, são bonitos os dizeres, sempre os mesmos. Só muda o nome do falecido. Mas a do Manoel, não. Foi escrita por ele.

"Manoel Emerenciano Barbosa dos Santos tem o feliz dever de comunicar o seu falecimento na data de hoje e convida para o enterro amanhã, às 11 horas, e para o velório, que acontecerá na própria residência do falecido. Não tem família enlutada para agradecer a todos por este ato de fé e piedade. Então agradece ele mesmo."

Antes, Aletheia havia preparado o corpo. Esfregou o rosto com muita delicadeza e o lavou com um sabão perfumado. Cuidados de mãe. Ou de amante. A toalha percorria os cabelos do Manoel, tão finos. Depois o tronco, o sexo, o espaço entre os dedos dos pés.

Ajudei-a a deitá-lo na cama. Fez a barba, penteou, limpou as unhas com um palito e depois os ouvidos. Das narinas retirou as gotículas de sangue e aparou os pelos.

Por fim o vestiu, com extremo cuidado e perícia.

Levantou-se e olhou-o demoradamente. Alisou o peitilho da camisa, arrumou o vinco da calça e passou um pano seco nos sapatos.

"Estás pronto para encontrar a Divindade, Manoel."

Puseram o caixão apoiado em duas cadeiras. Debaixo, a bacia com uma tesoura aberta, para o morto não inchar. Cadáver inchado é feio, todo mundo sabe.

Eu olhava, fascinado, para as unhas do Manoel. O rosto, máscara de cera, não me atraía a atenção. As unhas, sim. Quadradas, bem aparadas por Aletheia, cruzadas sobre o peito.

Onde estaria o Manoel? Comendo flor de açúcar? Tremendo sob a língua da deusa? O pensamento atravessou a minha mente. Pus a mão fechada diante da boca para esconder o riso.

Desta vez não houve lágrimas nem conversas. Mal serviram um café ralo.

Lá pelas duas da madrugada, adormecemos nas cadeiras. E de manhã cedo tratamos de fazer o enterro. O caixão foi carregado sem espancamento do defunto e logo colocado na canoa.

Um moleque foi na frente abrir o portão para o cortejo. O rangido me deixou no limite do riso pela segunda vez. Nunca havia sentido vontade de rir em velórios, mas aquela cidade e Manoel tinham as suas licenças e privilégios.

Atravessamos as vielas de túmulos coloridos e confirmei a impressão inicial de que, naquela necrópole, toda a vida da cidade fora se esconder. Não eram apenas cores de luz, mas um capricho inesperado em cada sepultura. Colares de pérolas, laços de fitas, rosas enormes, fotografias dos mortos em festas e risos, copos de vinho pela metade.

Num pacto silencioso, ninguém cobriu de terra o caixão. Puseram no fundo da cova e, como se fosse ensaiado, cada um ficou quieto, sem gesto ou palavra. Raimundo Silveira tentou abrir a boca, mas a fechou em seguida. Pouco antes, Eleutério tinha aberto o frasco de água de colônia e pingado umas gotas no tecido do caixão, só duas, com muito cuidado para não respingar no corpo.

"Vá com Deus, Manoel", eu disse, sem muita convicção. Mentalmente, acrescentei: "Não precisa voltar". Mas esse pensamento, por alguma razão, me doeu. Ouvi uns sussurros de amém e todos, em mais uma coreografia não combinada, deixaram o lugar.

À noite, meu sono agitado trouxe imagens de prazeres intermináveis, balanças, lagos, luzes cantoras e uns olhos abertos, mortos.

Acordei várias vezes, coberto de suor.

III

De manhã, levei meu corpo moído até a margem do rio. A ilha ainda estava mergulhada na neblina. Não vi a canoa. Esperei clarear mais um pouco, apertei os olhos. De fato, não estava. Talvez tenha sido arrastada pela correnteza, talvez roubada, talvez... (não ousei completar o pensamento).

Eu poderia atravessar o rio numa outra canoa e verificar por mim mesmo. Veria o rosto pálido de Manoel, seu corpo a se desfazer? Ou – e essa era toda a minha esperança – quem sabe haveria um lugar vazio no caixão roxo enfeitado de dourado...

Meus pensamentos se amontoavam em tumulto e tortura quando a mão pousou no meu ombro direito. Estremeci.

"Deixe ir o Manoel", disse a voz calma de Joaquim. A mão continuou pousada com firmeza no meu ombro. Ele olhava diretamente para a ilha.

"Eu..."

"Deixe ir."

Concordei, murmurando.

"Há uma arte pouquíssimo cultivada, a de saber perder, a de deixar partir os amados..."

A imagem de Lya surgiu diante de mim. Apertei os lábios.

O sino da igreja chamou para a missa das 8 horas. Meu ônibus estava chegando. As beatas passaram, com suas mantilhas e terços. Aletheia à frente delas, a liderar as rezas. Não me olharam. Na estação, Zé da Guarda, o novo funcionário, não me cumprimentou. Sequer conferiu o bilhete e não carregou as minhas malas. Na verdade, nem deixou sua sala de vidro. Parecia ocupado com uma papelada sobre a mesa.

Dei de ombros.

Entrei no ônibus caindo aos pedaços. Atrás de mim, a cidade parecia em compasso de espera, a respiração suspensa e uns olhos que me acompanhavam.

Sei que estavam lá, os olhos. Eu os sentia às minhas costas. Fixos.

Suspirei.

Olhei pela última vez as casas de paredes cruas e concluí que aquele lugar de amargores foi escolhido pela morte para me dizer que às vezes – muito raramente – ela pode desistir de alguns de nós.

"Você não entendeu..."

"Aletheia...", eu disse enquanto me voltava na direção da voz.

Parada no corredor do ônibus, ela sorria.

"Nunca, em momento algum, a morte lhe ofereceu favores, recados ou lições. Deixe a morte em paz. Ela é quietude e imobilidade. O que lhe demos, tolo, foi a vida como a conhecemos. Histórias dão sentido ao caos reinante, explicam as sombras nas paredes e acessam as gavetas enluaradas da fantasia. Você chamou a nossa atenção ao se declarar um colecionador. Como a tantos outros antes de você, oferecemos o que vai restar quando os corpos de hoje se tornarem pó. Sobreviverão as palavras, sussurradas, repetidas, gritadas. Gravadas em outros corpos, carregarão o sumo de sentimentos que estão além da vivência individual. Eu, você, as multidões de mortos e vivos, somos um só organismo a partilhar as cores intensas da experiência coletiva que atravessa os séculos. Nós somos os que contam as histórias dos que viveram. Histórias escritas na água, rumando para o mar da memória."

FIM

'O look, look in the mirror,
O look in your distress:
Life remains a blessing
Although you cannot bless.

W. H. Auden. As I Walked Out One Evening

AGRADECIMENTOS

A Rey Vinas, por todas as emendas, correções, sugestões e conversas que me permitiram aprimorar este livro.

A Alexandre Zaghetto e Cláudio Chinaski, por ler trechos e fazer sugestões preciosas.

PROJETO GRÁFICO E DIAGRAMAÇÃO

Tarcisio Ferreira
www.artstation.com/tarsa

Este livro foi composto com as fontes
Crimson Text e Pronk Rough

OUTROS TÍTULOS DA AUTORA

História de Oiapoque (História).
Brasília: Editora do Senado Federal, 2019.

A Página em Branco dos Teus Olhos (Contos).
Brasília: Tagore Editora, 2020.

Crônicas do Vento de Abril (Crônicas).
Brasília: Editora Tagore, 2022.

O Correio (tradução para o português da peça The Post-Office, de Rabindranath Tagore).
Brasília, Tagore Editora, 2021

Um Quarto Só para Si (organização e notas para o ensaio A Room of One's Own, de Virginia Woolf).
Brasília: Tagore Editora, 2023

Email para contato:
soniazaghetto@uol.com.br